Eugène Grangé

La fete des loups; Comedie en trois actes

Anatiposi

Eugène Grangé

La fete des loups; Comedie en trois actes

Réimpression inchangée de l'édition originale de 1859.

1ère édition 2023 | ISBN: 978-3-38274-000-9

Anatiposi Verlag est une marque de Outlook Verlagsgesellschaft mbH.

Verlag (Éditeur): Outlook Verlag GmbH, Zeilweg 44, 60439 Frankfurt, Deutschland
Vertretungsberechtigt (Représentant autorisé): E. Roepke, Zeilweg 44, 60439 Frankfurt, Deutschland
Druck (Imprimerie): Books on Demand GmbH, In de Tarpen 42, 22848 Norderstedt, Deutschland

LA
FÊTE DES LOUPS

COMÉDIE

EN TROIS ACTES, MÊLÉE DE COUPLETS

MM. E. GRANGÉ, L. THIBOUST ET DE NAJAC

Représentée pour la première fois, à Paris, sur le théâtre du PALAIS-ROYAL,
le 2 juillet 1859.

PARIS
MICHEL LÉVY FRÈRES, LIBRAIRES-EDITEURS
RUE VIVIENNE, 2 BIS
1859

Distribution de la Pièce

CHAUVINET, commissionnaire en marchandises, MM. RAVEL.
ANTÉNOR BEAUFLANQUÉ, son ami . . . . . POIRIER.
ANASTASE . . . . LASSOUCHE.
POLYPHÈME, ⎫ . . . . ; . . . MICHEL.
OSCAR, ⎬ habitués de bals champêtres. LAURENT.
PROSPER, ⎭ . . . . FÉLICIEN.
MADEMOISELLE DE KERGRODOS, vieille fille,
tante des Chauvinet. . . . . Mmes THIERRET.
ADELINE, femme de Chauvinet . . . . DESCHAMPS.
OLYMPIA. . . . . FLEURY.
ROSALIE, bonne des Chauvinet . . . . MADELINE.
BASQUINE, ⎫ . . . . CHARLOTTE.
AUGUSTA, ⎬ grisettes . . . . MARIA.
LA BOULOTTE, ⎭ . . . . CRÉNISSE.

Le premier et le troisième actes se passent dans la maison de campagne de Chauvinet, à Colombes. Le second, au château d'Asnières.

LA

FÊTE DES LOUPS

ACTE PREMIER.

A Colombes, chez Chauvinet. — Un jardin, avec pavillons à droite et
à gauche. — Entrée principale au fond, à gauche ; chaises et gué-
ridons de jardin.

SCÈNE PREMIÈRE.

ADELINE, puis ROSALIE.

(Au lever du rideau, Adeline, assise près du pavillon de droite, est endor-
mie, un livre ouvert sur ses genoux. — On entend, en dehors, un roulement de tambour.)

ADELINE, s'éveillant au bruit.

Tiens !... je m'étais assoupie en lisant... (Nouveau roulement.)
Le tambour !... (Rosalie entre par le fond à droite, un papier im-
primé à la main.)

ROSALIE,

Ah ! Madame !... Madame !...

ADELINE *.

Qu'y a-t-il donc, Rosalie ?

ROSALIE.

Comment ! Madame n'en sait rien ? C'est la fête d'Asnières
qu'on tambourine.

ADELINE.

Ah ! oui, cette fête de nuit.

ROSALIE.

Voilà trois jours qu'on ne parle que de ça à Colombes.

ADELINE.

N'est-ce pas ce soir qu'elle doit avoir lieu ?

* R., Ad.

ANASTASE.

Oui, marraine.

MADEMOISELLE DE KERGRODOS, à Adeline.

Il est encore un peu novice, mais le mariage le dégourdira!
(On entend sonner à la grille.)

ADELINE.

On sonne!

MADEMOISELLE DE KERGRODOS.

C'est mon neveu, sans doute.

ADELINE.

Non, non... je ne pense pas... C'est plutôt une visite.

MADEMOISELLE DE KERGRODOS.

Une visite! Ah! grand Dieu!.. et moi qui suis dans ce né-
gligé! (On sonne.)

ADELINE, appelant.

Rosalie!

ROSALIE, venant de la maison.

Est-ce qu'on a sonné, Madame?

ADELINE.

Mais, sans doute; allez donc ouvrir.

ROSALIE, à part.

On n'arrête pas ici!.. J'en ai plein le dos de leur boîte!
(Elle sort par la gauche.)

MADEMOISELLE DE KERGRODOS.

Et nous, Anastase, rentrons.

ENSEMBLE.

Air de *Vingt francs par jour.*

Suivez-moi sans murmurer,
Allons, que l'on se dépêche!
Dans cet attirail de pêche
Je craindrais de me montrer.

ANASTASE, à part.

Suivons-la sans murmurer;
Car l'usage nous empêche,
Dans cet attirail de pêche,
En ces lieux de nous montrer!

(Mademoiselle de Kergrodos et Anastase entrent dans la maison.)

SCÈNE IV.

ADELINE, ROSALIE, puis ANTÉNOR.

ROSALIE, revenant.

Madame, c'est monsieur Anténor Beauflanqué! (Elle sort *.)

* An.; Ad.

ANTÉNOR.

Oh!

ADELINE.

N'est-ce pas que j'en ai?

ANTÉNOR.

Énormément!..

ADELINE, à part.

La poupée à... Oh! c'est indigne! (Haut.) Venez, monsiéur Anténor... cherchons-le...

ANTÉNOR, à part.

Plus souvent que je vais t'aider à le retrouver! (Adeline l'entraîne; ils disparaissent.)

SCÈNE VIII.

BASQUINE, LA BOULOTTE, AUGUSTA, LES GRISETTES, puis OLYMPIA, puis ANASTASE, et enfin ROSALIE *.

CHŒUR.

Air : *Polka de la Chèvre.* (MANGEANT.)

Tra la la! (*bis.*)
Ah! le joyeux bal que celui-là!
Tra la la! (*bis.*)
Pour danser, pour valser, nous voilà!

OLYMPIA, entrant.

Ah çà! Mesdemoiselles, pourriez-vous me dire ce qu'est de venu M. Chauvinet?

LA BOULOTTE.

Bah! il se retrouvera...

Tu l'aimes donc?

LA BOULOTTE.
C'est donc un amant de cœur?

OLYMPIA, gravement.
Je veux l'é pouser.

LA BOULOTTE.

L'épouser!

OLYMPIA.
Oui.. Mesdemoiselles, on ne se marie pas assez dans notre monde... Cette année, le vent est à la réhabilitation.

TOUTES.
Oh!

OLYMPIA.
Et puis je veux goûter les joies du foyer... Si elles m'ennuient, je les lâcherai.., mais ce doit être si bon!

* An., Ol., B., la B.

ANTÉNOR, très-embarrassé.

Par erreur... je croyais*...

ADELINE.

Il arrive à merveille... (A Anténor.) Monsieur Anténor, voulez-vous m'accompagner?

CHAUVINET.

L'accompagner!..

MADEMOISELLE DE KERGRODOS.

Que dit-elle?

ANTÉNOR, galamment.

Comment donc, Madame!.. Où cela?..

ADELINE.

En Suisse... en Chine,... au bout du monde.

OLYMPIA, à part.

Elle va bien, la petite dame !..

CHAUVINET.

Partir avec lui!.. mais je m'y oppose**...

OLYMPIA, se récriant.

Il s'y oppose!..

ADELINE.

Vous?.. et de quel droit?

CHAUVINET.

De quel droit? Comment!.. de quel droit?..

ADELINE.

Ne m'avez-vous pas donné l'exemple?.. Vous avez bien...
pourquoi n'aurais-je pas?..

CHAUVINET, scandalisé.

Adeline!..

MADEMOISELLE DE KERGRODOS.

De la dignité!..

OLYMPIA, à part.

Elle va très-bien, la petite dame!

ADELINE, montrant Anténor.

Monsieur me fait la cour***...

CHAUVINET.

Hein?..

ADELINE.

Il m'aime sincèrement... éperdument...

MADEMOISELLE DE KERGRODOS.

Ah bah!

CHAUVINET.

Plaît-il?..

OLYMPIA, à part.

Elle est bonne, celle-là!..

ADELINE.

Il me l'a dit, du moins...

* O , Chr.; Ant., Ad., Mlle de K. — ** O., Aut., Ch., Ad., Mlle de K.
— *** O., Aut., Ad., Ch., Mlle de K.

MADEMOISELLE DE KERGRODOS.

A Polyphême?

ANASTASE.

Il m'a dit comme ça : « Petit, faut tuer le ver... viens boire le blanc. » Alors, moi, j'ai bu le blanc, j'ai tué le ver... et j'ai invité les petites dames... Ohé! hup!

MADEMOISELLE DE KERGRODOS.

Mais, il est malade!.. (Sonnant.) Rosalie!.. Rosalie!..

ANASTASE.

Les canotiers disent comme ça que j'ai mon plumet!

LES GRISETTES, riant.

Ah! ah! ah!

CHAUVINET.

Je crois bien! et un plumet de tambour-major!

MADEMOISELLE DE KERGRODOS, appelant.

Rosalie! Rosalie!

ROSALIE, entrant par la droite.

Madame a sonné?.. Tiens! tout ce monde!

MADEMOISELLE DE KERGRODOS.

Vite, du thé, un verre d'eau sucrée pour Anastase!.. (Rosalie sort à gauche.) Se mettre dans un pareil état, à la veille de se marier!

ANASTASE.

Me marier! moi!.. c'te bêtise! Je suis amoureux d'une comtesse polonaise...

MADEMOISELLE DE KERGRODOS.

Une comtesse polonaise!

ANASTASE.

Même qu'elle m'a laissé son éventail! (Il le tire et s'évente.)

ROSALIE, rentrant et à part *.

Ciel! l'éventail de Madame! (S'approchant, et bas.) Chut!.. cachez ça!

Quoi?

Ne me perdez pas!

ANASTASE, à part.

C'était la bonne!

LA BOULOTTE.

Ah çà! dites donc!.. est-ce qu'on ne va pas déjeuner?

LES GRISETTES.

Ah! oui!..

MADEMOISELLE DE KERGRODOS.

Déjeuner! (Elle s'approche des grisettes, et les renvoie du geste. Anténor et Olympio leur parlent bas au fond. Musique à l'orchestre.)

ADELINE, à Chauvinet.

Vous voyez, Monsieur, voilà les suites de votre escapade!

* R., Anas., Mlle de K., C., Ad., les autres au fond.

ROSALIE.

Ce soir, oui, Madame... et paraît que ça sera joliment beau,
allez !

ADELINE.

Vraiment ?

ROSALIE.

Écoutez plutôt le *porspectus* qu'on vient de me donner...
(Lisant.) « Parc et château d'Asnières. — Aujourd'hui, 22 juin,
grande fête des Loups. Illuminations chinoises; feu d'artifice;
jeux forains; chansonnettes; (s'interrompant.) et enfin, une tombola, où c' que le gros lot sera un âne. »

ADELINE.

Un âne ?

ROSALIE.

Oui, Madame; c'est sur le papier... on gagnera un âne à la
fête des Loups.

ADELINE, se levant.

Air : *Adieu, je vous fuis, bois charmants.*

Vraiment, ce doit être charmant !

ROSALIE.

J' vous en réponds !... A cette fête
On aura bien de l'agrément;
C'est à faire tourner la tête.
La musiqu', la polka, les jeux,
Le feu d'artifice... Ah! Madame,
Que de plaisirs !... sans compter ceux
Qui ne sont pas sur le programme.
Ah! que d' plaisirs, etc.

Je suis sûre qu'il y aura un monde !...

ADELINE, soupirant.

Oui... il y a des femmes qui s'amusent... Elles sont bien
heureuses, çelles-là !

ROSALIE, de même.

J' crois bien !... et, pour mon compte, si j'étais ma bour-
geoise... mais, ouiche!... pas moyen de bouger, ici !

ADELINE.

Est-ce que le train de sept heures et demie n'est pas encore arrivé ?

ROSALIE.

Pardon!... il vient de passer il y a dix minutes.

ADELINE.

Et mon mari n'était pas dedans ?

ROSALIE.

M. Chauvinet? faut croire que non... Madame l'aurait déjà
vu...

ADELINE.

Pas encore de retour à sept heures et demie !...

ROSALIE.

Monsieur aura été retenu à Paris par ses affaires.

ADELINE, avec impatience *.

Les affaires!... toujours les affaires!... et pendant ce temps-là je reste seule à la campagne, à m'ennuyer du matin au soir.

ROSALIE.

Depuis quelques jours, Madame a de la société.

ADELINE.

Qui ça? ma tante, mademoiselle de Kergrodos?

ROSALIE.

Qu'est arrivée de Ploërmel avec son filleul, M. Anastase. A part.) Encore un joli coco!

ADELINE.

Où sont-ils en ce moment?

ROSALIE.

Ils sont sortis, après diner, pour aller à la pêche, pour faire peur aux ablettes...

ADELINE.

C'est bien, Rosalie; allez!

ROSALIE.

Faut-il toujours tenir chaud le dîner de Monsieur?

ADELINE.

Sans doute; il peut venir d'un moment à l'autre... Il faudra bien qu'il finisse par arriver, je suppose!

ROSALIE.

C'est bien, on y va ! (A part.) De la cuisine toute la journée... et des parents de province... Ah! qué baraque !... (Elle entre dans la maison.)

SCÈNE II.

ADELINE, seule.

Un bal !... une fête !... Ah ! si M. Chauvinet était un autre homme, il m'offrirait de m'y conduire !... Mais, bah ! ces commerçants, pourvu qu'ils amassent des gros sous, tout le reste leur est bien égal !... ça ne songe pas à autre chose... mon mari surtout... toujours à son bureau... enfoncé dans ses expéditions... dans ses factures... Je vous demande ce qui peut le retenir à Paris... comme si on avait des affaires à huit heures du soir !... Ah! j'ai des impatiences... je suis agacée... j'ai mal aux nerfs!...

MADEMOISELLE DE KERGRODOS, en dehors.

Allons donc ! venez, suivez-moi !

* Ad., R.

ADELINE.

Ah! c'est ma tante avec son grand dadais de filleul... (Elle s'assied et reprend son livre.)

SCÈNE III.

ADELINE, MADEMOISELLE DE KERGRODOS, ANASTASE.

MADEMOISELLE DE KERGRODOS, en peignoir, grand chapeau de paille, une ligne à la main.

Mais, arrivez donc, Anastase!... vous êtes toujours en arrière!

ANASTASE, portant une boîte de pêche et un panier.

Me voilà, marraine, me voilà.

MADEMOISELLE DE KERGRODOS.

C'est insupportable *!... vous vous arrêtez à chaque pas en route... il faut être sans cesse à vous remorquer..., comme un vapeur.

ANASTASE.

J'ai mal aux mollets.

MADEMOISELLE DE KERGRODOS.

Mal aux mollets!... Un garçon de votre âge!... Si ça continue, je ne vous emmènerai plus avec moi.

ANASTASE.

Mais, marraine...

MADEMOISELLE DE KERGRODOS.

C'est bon! en voilà assez!...

ADELINE, à part.

Quelle aimable conversation!

MADEMOISELLE DE KERGRODOS.

Ah! c'est toi, ma nièce... tu lisais?... Et ton mari, est-ce qu'il n'est pas arrivé?

ADELINE.

Non, pas encore; et je m'étonne...

MADEMOISELLE DE KERGRODOS.

Ah! ces hommes!... tous les mêmes!... toujours en retard!... Aussi, moi, je suis restée demoiselle...

ANASTASE, à mi-voix.

Parce qu'elle n'a pas trouvé de mari.

MADEMOISELLE DE KERGRODOS.

Hein? vous dites?

ANASTASE.

Rien, marraine.

MADEMOISELLE DE KERGRODOS.

C'est bien, taisez-vous!...

ADELINE.

Vous êtes allée à la pêche, ma tante?

---

* Ad., Mlle de K., An.

MADEMOISELLE DE KERGRODOS.

Oui, mignonne, c'est un de mes délassements favoris. En Bretagne, je ne fais pas autre chose. Je pêche à la ligne du matin au soir.

ANASTASE.

Dans la Vilaine.

MADEMOISELLE DE KERGRODOS.

C'est un goût qui me vient de famille ; les Kergrodos ont toujours été de grands pêcheurs. (A Adeline.) Tu aurais dû venir avec nous, ça t'aurait distraite.

ADELINE, se levant.

Oh ! moi, je n'entends rien à ces plaisirs champêtres.

MADEMOISELLE DE KERGRODOS.

Tu m'aurais regardée... je suis très-adroite... j'amorce à ravir... demande à Anastase.

ANASTASE.

Vous n'avez rien pris, marraine.

MADEMOISELLE DE KERGRODOS.

C'est votre faute !... vous parlez sans cesse... ça effraye le poisson.

ANASTASE.

Ah ! bon !... j'ai pas soufflé mot.

MADEMOISELLE DE KERGRODOS.

Assez ! taisez-vous !... (A Adeline.) Demain, je veux te donner une leçon.

ANASTASE.

Demain !... mais, marraine, vous m'aviez promis de me mener à Paris.

MADEMOISELLE DE KERGRODOS.

A Paris !... pourquoi faire ?... pour vous perdre, mauvais sujet ?... Nous irons tous ensemble, quand votre prétendue, la pupille de Chauvinet, sera ici.

ANASTASE.

Ah !.. et quand viendra-t-elle ?

ADELINE.

Dans quelques jours elle sortira de pension.

MADEMOISELLE DE KERGRODOS.

Vous la verrez, vous ferez connaissance... Et j'espère que vous saurez vous montrer galant.

ANASTASE.

Galant ? comment ça ?..

MADEMOISELLE DE KERGRODOS.

Enfin, aimable, empressé.

ANASTASE.

Oui, marraine.

MADEMOISELLE DE KERGRODOS.

C'est moi qui ai arrangé ce mariage, et j'entends que vous me fassiez honneur.

ADELINE, à part.

Encore lui!.. Ah! quel ennui!.. il ne manquait plus que ça!..

ANTÉNOR, s'approchant et saluant.

Mille pardons de vous déranger, belle dame... je croyais trouver ici...

ADELINE, sèchement.

M. Chauvinet? il n'y est pas.

ANTÉNOR.

C'est ce qu'on m'a dit; mais j'ai à lui parler... d'une affaire importante...

ADELINE, à part.

Oui, toujours la même chanson.

ANTÉNOR.

Et si vous me permettiez de l'attendre...

ADELINE.

Mon Dieu, Monsieur, c'est comme il vous plaira. Il ne tardera pas... je l'espère.

ANTÉNOR.

Oh! je ne suis pas pressé!.. et d'ailleurs j'ai de quoi me faire prendre patience.

ADELINE, à part.

Des fadeurs! nous y voilà! (Elle s'assied.)

ANTÉNOR, à part.

Essayons de jeter quelques jalons. (Haut, et s'asseyant près d'elle.) Il me semble que ce cher ami est bien souvent en retard!

ADELINE.

Que voulez-vous! quand on est dans le commerce, on n'est pas toujours maître...

ANTÉNOR.

Sans doute... mais vous, abandonnée ainsi à la campagne...

ADELINE.

Il faut être raisonnable, savoir se résigner.

ANTÉNOR, à part.

C'est une veuve à consoler, c'est évident. (Haut.) Ah! il est triste pour une jeune et jolie femme d'être toujours livrée à elle-même...

ADELINE.

Qu'y faire?

ANTÉNOR.

Recevoir du monde, des amis... prendre quelques distractions.

ADELINE.

Sans mon mari?..

ANTÉNOR.

Pour ma part, si j'obtenais la faveur de vous rendre quelquefois visite...

ADELINE.

Vous?

ANTÉNOR.

Je suis un peu musicien... nous pourrions chanter quelques duos.

ADELINE.

Je n'aime pas la musique.

ANTÉNOR.

Alors, on monte à cheval... je suis un peu écuyer... je pourrais vous accompagner dans vos promenades...

ADELINE, se levant.

Oh! je suis très-peureuse... je ne vais qu'à pied *.

ANTÉNOR, se levant aussi.

A pied!.. eh bien, oui! à pied!.. des excursions dans les bois... je suis un peu botaniste...

ADELINE, ironiquement.

Aussi?

ANTÉNOR.

Nous herboriserions ensemble... (S'animant.) Et je serais si heureux de vous offrir mon bras, de passer quelques moments avec vous...

ADELINE.

Monsieur!..

ANTÉNOR.

De vous prouver par mes soins tout le... toute la... (Il va pour tomber à genoux.)

CHAUVINET, en dehors.

Elle est au jardin?.. parfait!..

ADELINE.

Ah! enfin, c'est mon mari!

ANTÉNOR, à part.

Chauvinet, que le diable l'emporte!..

SCÈNE V.

LES MÊMES, CHAUVINET, chargé de cartons, de paquets.

CHAUVINET.

Ouf!.. me voici!.. Bonjour, chère amie... (Il l'embrasse sur le front.)

ADELINE.

Comme tu reviens tard!

CHAUVINET.

Ah! il ne faut pas m'en vouloir... c'est bien malgré moi, va!.. Des lettres à écrire... un chargement à expédier pour les colonies... et puis, j'ai manqué le train de cinq minutes...

_____

* Ad., An.

ADELINE.

Vraiment ?..

CHAUVINET.

Ces choses-là sont faites pour moi !.. obligé d'attendre une heure à la gare... Ah ! je faisais un mauvais sang !..

ADELINE.

Tu dois mourir de faim, et je vais...

CHAUVINET.

Non, non, inutile de te déranger, je n'ai besoin de rien.

ADELINE.

Comment ?

CHAUVINET.

J'ai dîné.

ADELINE.

Où donc ?.. chez le traiteur ?..

CHAUVINET.

Bah !.. chez le traiteur !.. est-ce que j'ai le temps d'aller chez le traiteur ? J'ai mangé au bureau... un morceau sur le pouce...

ADELINE.

Tu as le teint bien animé !..

CHAUVINET.

Moi ?.. tu trouves ?.. ah ! c'est... c'est que je suis venu sur l'impériale... j'avais le vent dans la figure... en plein, et... (Apercevant Anténor.) Tiens ! Anténor !.. je ne te voyais pas ! (Lui tendant la main.) Ça va bien * ?..

ANTÉNOR.

Pas mal, merci !.. Je... je t'attendais,

CHAUVINET,

En tenant compagnie à ma femme. Cette chère Adeline !.. je suis sûr qu'elle était d'une impatience !.. et moi donc !.. j'ai bien pensé à toi toute la journée.

ADELINE.

Vrai ?

CHAUVINET.

Certainement... on a songé à sa femme, à sa petite femme... et la preuve... (Lui donnant plusieurs paquets l'un après l'autre.) Tiens, tiens, tiens !..

ADELINE.

Qu'est-ce que c'est que ça ?

CHAUVINET.

Un tas de petits bibelots que j'apporte à ton intention... D'abord des dominos... pour faire la partie, le soir, avec la tante... nous n'avions pas de dominos ici... j'ai voulu combler cette lacune... Et puis ce jeu de grâce.

ADELINE.

Un jeu de grâce ?

* Ant., Ch., Ad.

CHAUVINET.

Toujours pour faire la partie...

ADELINE.

Avec ma tante.

CHAUVINET.

Ça se joue avec deux bâtons... c'est très-amusant! Tu verras, tu en seras folle.

ADELINE.

Et dans ces cartons ?..

CHAUVINET.

Ah! ceci... c'est une autre affaire... c'est un cadeau pour toi, pour toi seule.

ADELINE.

Un cadeau ?..

CHAUVINET.

Oui, tantôt, en allant à la Bourse, j'ai aperçu chez mademoiselle Paron... tu sais, mademoiselle Paron, rue Vivienne... un chapeau qui m'a tiré l'œil... (Ouvrant le carton.) Comment le trouves-tu, chère amie * ?

ADELINE, froidement.

Très-joli.

CHAUVINET.

N'est-ce pas? j'étais sûr qu'il te plairait. (Ouvrant l'autre carton.) Eh bien! et ce bournous, de chez Burty?

ADELINE.

Comment! tu m'as aussi acheté un bournous? quelle folie!..

CHAUVINET.

Est-ce que j'ai eu tort?

ADELINE.

Je sors si rarement, j'ai si peu d'occasions.

CHAUVINET.

C'est pour le dimanche... pour aller à l'office... et puis, les soirées sont parfois un peu fraîches... Il fait frisquet ici, le soir **.

ANTÉNOR, avec dépit.

J'espère que voilà des attentions!

CHAUVINET.

Oui, je suis comme ça, moi!... un mari modèle...

ANTÉNOR, à part.

Un vrai nid de tourtereaux!.. il n'y a rien à faire.

CHAUVINET.

Ah çà! mais toi... qui t'amène? Est-ce que tu avais quelque chose à me dire?

ANTÉNOR.

Oui, j'étais venu pour...

ADELINE.

Pour te parler d'une affaire...

---

* An., Ad., Ch. — ** An., C ., Ad.

CHAUVINET.

Une affaire?

ANTÉNOR.

Nous causerons de ça plus tard... rien ne presse...

ADELINE, à part.

Un prétexte! je l'aurais parié!

ANTÉNOR, regardant à sa montre.

D'ailleurs il faut que je parte... je suis attendu...

CHAUVINET.

Ah! ah!.. quelque rendez-vous avec une jolie femme?..
Lovelace!..

ANTÉNOR.

Du tout!.. du tout!.. Il ne s'agit pas de ça... mais...

CHAUVINET.

C'est bien!.. On ne te demande pas tes secrets... Au revoir!

ANTÉNOR.

Au revoir '!.. (Saluant Adeline.) Madame... (A part.) Allons me
dédommager ailleurs.

Air

On va sonner le départ,
Je vous quitte sans retard;
Je ne puis rester ce soir,
Mais j'irai te voir!

ENSEMBLE.

On va sonner le départ, etc.

CHAUVINET.

On va sonner le départ,
Ne te mets pas en retard;
Mais j'espère quelque soir
Ici te revoir.

ADELINE, à part.

On va sonner le départ;
Honteux comme le renard,
Il nous quitte, et j'ai l'espoir
De ne plus le voir.

(Anténor sort.)

SCÈNE VI.

CHAUVINET, ADELINE **.

CHAUVINET, gaiement.

Ah! le voilà parti!.. nous sommes seuls, tête à tête, et...
(Regardant Adeline.) Eh bien! qu'as-tu donc? tu fais la mine, à
présent?

* Ch., An., Ad. — ** Ad., Ch.

ADELINE.

Moi ?.. du tout!

CHAUVINET.

Si fait!.. je le vois bien... tu boudes... (Il fait asseoir Adeline et s'assied près d'elle.) Pourquoi ça?.. parce que je suis rentré tard?..

ADELINE.

Oh, mon Dieu!.. une heure de plus ou de moins.

CHAUVINET.

Voyons!.. est-ce que c'est pour mon plaisir?.. Si tu crois que ça m'amuse de rester toute la journée cloué à mon bureau... entre quatre murs... quand mon bonheur serait d'être ici, près de toi, à respirer le bon air...

ADELINE.

Ah! oui, le bon air!.. la campagne!.. Parlons-en!

CHAUVINET.

Comment!.. est-ce que tu n'y es pas bien?

ADELINE.

Je m'y ennuie à périr.

CHAUVINET.

Par exemple!.. en voilà bien d'une autre!.. quand tu as mille distractions... des poules... des livres... des journaux... des canards... quand je t'ai abonnée aux Drames de Paris.

ADELINE.

La belle avance!

CHAUVINET, se levant.

Parole d'honneur, je ne te comprends pas!.. tu t'ennuies partout... L'été dernier, je t'envoie chez ta tante, à Ploërmel... tu m'écrivais des lettres désolées... je t'ai répondu : Ma bonne amie, puisque c'est comme ça, pars donc... pars donc de Ploërmel!

ADELINE, se levant.

Je m'ennuie... je m'ennuie parce que je suis toujours seule.

CHAUVINET.

Écoute donc, si tu es si difficile!.. Enfin, qu'est-ce qu'il te manque?.. qu'est-ce que tu désires? (Il s'assied à droite.)

ADELINE, s'approchant de Chauvinet.

Ah! si tu étais bien gentil... si tu voulais me faire bien plaisir...

CHAUVINET.

Voyons, parle!.. de quoi s'agit-il?.. Est-ce une balançoire que tu veux?.. J'en ferai établir une dans le jardin...

ADELINE.

Non... non...

CHAUVINET.

Quoi donc?..

ADELINE.

Mais je suis sûre d'avance que tu refuseras.

CHAUVINET.

Enfin, dis toujours!.. ça ne coûte rien.

ADELINE, très-câline.

Tu sais qu'on donne ce soir... une fête.

CHAUVINET.

Une fête? où ça?

ADELINE.

Près d'ici, à Asnières.

CHAUVINET.

Hein?... à... à Asnières?... Du tout! je n'en savais rien... Est-ce que je m'occupe de ça? Ah! on donne une fête à Asnières?

ADELINE.

Oui... la fête des Loups.

CHAUVINET.

Eh bien?

ADELINE.

Eh bien!.... au lieu de rester à la maison, à jouer au loto, ce qui, entre nous, est un peu monotone...

CHAUVINET.

Mais non... mais non... je ne trouve pas!... trente-trois, les deux bossus... onze, les jambes à ma tante... C'est très-gai!...

ADELINE.

Je... je voulais te prier de...

CHAUVINET.

De?...

ADELINE.

De m'y conduire... voilà!

CHAUVINET, bondissant.

A la fête des Loups?...

ADELINE.

On dit que ce sera charmant.

CHAUVINET.

Mais, malheureuse, tu deviens insensée!

ADELINE.

Pourquoi?

CHAUVINET.

Pourquoi?... mais c'est un endroit affreux!... un bal de grisettes, de lorettes... où une femme honnête ne peut mettre le bout du pied.

Air de l'Artiste.

C'est une bacchanale,
Où, dans les nuits d'été,
Le ton de la morale
Est très-peu respecté.
Là, tremblante, effarée,

Tu serais, entre nous,
La brebis égarée
A la fête des Loups.

ADELINE.

Pourtant... avec son mari... et masquée...

CHAUVINET.

C'est égal!

ADELINE.

Vraiment! tu crois?

CHAUVINET.

Et puis, va, ces mécaniques-là, ça n'est pas si amusant que tu te l'imagines. J'y suis allé une fois... (Mouvement d'Adeline.) jadis... quand j'étais garçon... j'ai été bien volé!

ADELINE.

Ainsi, tu refuses?

CHAUVINET, avec emphase.

Dans l'intérêt de ta dignité.

ADELINE, avec dépit.

Soit!... restons ici.

CHAUVINET.

C'est ça!... restons!... ça vaut mieux... les joies de l'intérieur sont bien préférables. (Il se met à arroser les fleurs du jardin.)

ADELINE.

Qu'est-ce que nous allons faire de notre soirée?

CHAUVINET.

Ce qu'il te plaira!... Tu vois que je suis aimable... je fais tout ce que tu veux.

ADELINE.

Oui... oui... je m'en aperçois... Si nous invitions quelques voisins?

CHAUVINET, hésitant.

Quelques voisins?...

ADELINE.

Nous pourrions prendre le thé... faire un lansquenet... c'est encore moins énervant que le loto.

CHAUVINET.

Ah! ah!... tu as un faible pour le lansquenet!... Eh bien! oui... va pour le lansquenet... va pour le thé! va pour les voisins!.... j'y consens.

ADELINE.

C'est heureux! Alors, je vais écrire quelques mots d'invitation... Rosalie les portera...

CHAUVINET.

Va!

ADELINE, qui allait pour sortir, revenant.

Décidément, tu ne veux pas m'y conduire?

CHAUVINET.

Où ça?

ADELINE.

A ce bal?

CHAUVINET, avec impatience.

Mais non!... mais non!... impossible!

ADELINE.

C'est bien! (Elle rentre dans la maison.)

SCÈNE VII.

CHAUVINET, puis MADEMOISELLE DE KERGRODOS, puis ROSALIE.

CHAUVINET, seul.

Vouloir que je la mène au bal d'Asnières!... En voilà une idée!... (Regardant ses fleurs.) Ah! mon pauvre *saxifragus hepathico-bolonensis!* il est bien malade!... Les femmes sont étonnantes!... ma parole d'honneur!... elles sont étonnantes! (Il continue à arroser.)

MADEMOISELLE DE KERGRODOS, entrant, un programme à la main et à part, sans voir Chauvinet.

« Aujourd'hui, 22 juin, fête des Loups. Illuminations chinoises. Feu d'artifice... » (Apercevant Chauvinet, et cachant le papier.) Oh!... mon neveu!... (Haut.) C'est vous, Chauvinet?...

CHAUVINET.

Oui... c'est moi... bonsoir * !

MADEMOISELLE DE KERGRODOS.

Qu'avez-vous donc?... vous semblez bien agité.

CHAUVINET.

J'ai... j'ai de l'humeur, voilà!

MADEMOISELLE DE KERGRODOS.

De l'humeur!... contre qui?

CHAUVINET.

Parbleu!... contre ma femme... (S'arrêtant devant mademoiselle de Kergrodos.) Comprenez-vous ça, vous?... Elle s'ennuie!

MADEMOISELLE DE KERGRODOS.

Ah bah!

CHAUVINET.

Ici!... à la campagne!.. mais, moi, je ne me plais que là... je voudrais y passer ma vie... j'y resterais jusqu'au jugement dernier!

ROSALIE, entrant.

Monsieur! Monsieur**!...

CHAUVINET.

Quoi?... que voulez-vous?

ROSALIE.

C'est une lettre...

* Mlle de K., Ch. — ** Mlle de K., Ch., R.

CHAUVINET, vivement.

Une lettre?

ROSALIE.

Que François, votre garçon de bureau, vient d'apporter de Paris... Il dit comme ça que c'est très-pressé.

CHAUVINET, prenant la lettre et l'ouvrant.

Qu'y a-t-il encore? (Jetant les yeux sur la lettre.) Allons, bien!.. allons, bon!

MADEMOISELLE DE KERGRODOS.

Quoi donc?

CHAUVINET.

Impossible d'être une heure tranquille!.. Il faut qu'on vienne me relancer jusqu'ici!.. Quel ennui!.. quelle contrariété!

MADEMOISELLE DE KERGRODOS.

Mais enfin qu'est-ce donc?

CHAUVINET.

Eh! mon Dieu!.. c'est... c'est...

SCÈNE VIII.

LES MÊMES, ADELINE, revenant, des lettres à la main *.

ADELINE.

Voilà mes invitations terminées... il n'y a plus qu'à les envoyer.

CHAUVINET.

Ah! bien, oui, tes invitations!.. il s'agit bien de cela maintenant!..

ADELINE.

Quoi donc? qu'y a-t-il?

CHAUVINET.

Il y a... eh bien! il y a... qu'il faut que je retourne à Paris.

MADEMOISELLE DE KERGRODOS ET ROSALIE.

A Paris?

ADELINE.

Ce soir?

CHAUVINET.

Oui, vois... un ordre que je reçois... une commande qu'il faut que j'expédie.

ADELINE.

Mais ne peux-tu remettre à demain?..

CHAUVINET.

Eh! non, ce serait un jour de perdu... les trains de marchandises ne partent qu'à minuit... Ah! les affaires!.. les af-

---

* Mlle de K.. Ch., A., R., au deuxième plan.

faires!.. quel métier!.. Sisyphe, quoi! Sisyphe trimbalant son rocher!..

Air de *madame Favart*..

L'ouvrage fait, je crois rester tranquille,
J'espère enfin pouvoir me délasser;
Mais, sur la tête, il me tombe une tuile,
Et, patatra! c'est à recommencer!
Oui, de Sisyphe ici j'offre l'image,
Et, commerçant, par ma chaîne arrêté,
Je subis l'antique esclavage
De ce forçat à perpétuité.
Je rappelle, dans un autre âge,
Ce forçat de l'antiquité.

ADELINE.

Nous quitter encore!..

CHAUVINET.

Moi qui espérais passer la soirée la plus délicieuse!.. Enfin, que veux-tu?.. ce sera pour une autre fois... Je cours m'habiller.

ADELINE.

Pour aller à ton bureau?..

CHAUVINET.

Sans doute... Les boutons de ce paletot ne tiennent pas... Cette Rosalie est d'une négligence... Tenez!.. tenez!.. (Il arrache ses boutons.)

ROSALIE.

Mais, Monsieur...

CHAUVINET.

Pas d'observations!.. (Otant son paletot et le lui jetant.) et recousez-moi ça, paresseuse!..

ROSALIE, à part, avec humeur.

Bon!.. me v'là tailleur, à présent!

ENSEMBLE.

Air

CHAUVINET ET MADEMOISELLE DE KERGRODO[S].
Ah! c'est insupportable!
Obligé de partir!
Quel destin misérable!
C'est à n'y pas tenir!

ADELINE.

Ah! c'est insupportable!
Toujours le voir partir!
Quel destin misérable!
C'est à n'y pas tenir!

ROSALIE, à part,

Ah! c'est insupportable!
Pour moi le beau plaisir!

De besogne on m'accable,
C'est à n'y pas tenir.

(Chauvinet entre dans le pavillon de gauche, Rosalie s'éloigne par la droite
en haussant les épaules.)

SCÈNE IX.

ADELINE, MADEMOISELLE DE KERGRODOS *.

ADELINE, à part.

Allons!.. encore à son bureau!.. Quelle jolie petite soirée
je vais passer ici!

MADEMOISELLE DE KERGRODOS, à part, regardant le programme qu'elle
vient de retirer de sa poche.

Éclairage à giorno!.. (Soupirant.) Ah!..

ADELINE, à part.

Mais au fait, j'y pense... puisque mon mari s'en va, qui
m'empêcherait de...

MADEMOISELLE DE KERGRODOS, à part.

Ce serait une occasion d'étrenner cette toilette neuve que
j'ai fait faire à Paris, chez la bonne faiseuse.

ADELINE, à part.

Oui; mais y aller seule... impossible!.. et comment déci-
der ma tante?..

MADEMOISELLE DE KERGRODOS, à part.

Mais ma nièce?.. consentira-t-elle jamais?..

ADELINE, à part.

Enfin... essayons.

MADEMOISELLE DE KERGRODOS, à part.

Tàtons-la adroitement!

ADELINE, toussant légèrement.

Hem!.. hem!..

MADEMOISELLE DE KERGRODOS, d'une voix creuse.

Brom!.. brom!..

ADELINE.

Eh bien! ma tante?..

MADEMOISELLE DE KERGRODOS.

Eh bien! ma nièce?..

ADELINE.

Vous allez bien vous ennuyer ce soir?

MADEMOISELLE DE KERGRODOS.

Et toi-même?

ADELINE.

Il m'était venu une idée pour tuer le temps...

MADEMOISELLE DE KERGRODOS.

Tiens!.. j'avais aussi quelque chose à te proposer.

* Ad., Mlle de K.

ADELINE.

Quoi donc ?

MADEMOISELLE DE KERGRODOS, regardant le programme.

On donne une fête dans les environs...

ADELINE.

Oui, à Asnières... la fête des Loups.

MADEMOISELLE DE KERGRODOS.

Justement.

ADELINE.

Un bal ravissant que je grille de connaître.

MADEMOISELLE DE KERGRODOS.

Ah bah!.. (A part.) Comme ça tombe ! (Haut.) C'est précisément là...

ADELINE.

Que vous songiez à aller ?

MADEMOISELLE DE KERGRODOS.

A cause d'Anastase... qui a besoin de voir le monde... de se former un peu.

ADELINE.

C'est clair !

MADEMOISELLE DE KERGRODOS.

Moi, je n'ai aucunes prétentions... mais pour Anastase je me sacrifierais.

ADELINE.

Alors, c'est convenu, nous y allons ensemble ?

MADEMOISELLE DE KERGRODOS.

Volontiers.

ADELINE.

Quel bonheur !.. (Appelant *.) Rosalie !.. (A mademoiselle de Kergrodos.) Il ne s'agit plus que de nous occuper de notre toilette.

MADEMOISELLE DE KERGRODOS.

J'ai tout ce qu'il me faut.

ADELINE.

Moi aussi !.. une robe toute fraîche que je n'ai pas encore mise. (Appelant.) Rosalie !.. Eh bien ! voyons, viendrez-vous?..

SCÈNE X.

Les mêmes, ROSALIE **.

ROSALIE, entrant, d'un air rechigné.

Me v'là, Madame, me v'là !.. Donnez-moi le temps.

ADELINE.

Je vais sortir avec ma tante et son filleul.

* Mlle de K., Ad. — ** Mlle de K., Ad., R.

ROSALIE, à part.

Ah bah ! eux aussi !

ADELINE.

Nous allons passer la soirée chez des amis, à une demi-
lieue...

ROSALIE, à part.

Tiens !.. tiens !..

ADELINE.

Dites au jardinier d'atteler le char-à-bancs.

ROSALIE.

Bien, Madame.

ADELINE.

Ah !.. Rosalie, inutile de parler de cela à M. Chauvinet.

ROSALIE.

Compris !

ADELINE.

Venez, ma tante.

Air de *Gastibelza.*

Point de bruit, taisez-vous !
MADEMOISELLE DE KERGRODOS.
En silence, habillons-nous !

ENSEMBLE.

Et qu'ici, Chauvinet
Ignore notre projet !

MADEMOISELLE DE KERGRODOS.

Vous entendez, Rosalie ?..

ROSALIE.

Oui, Mademoiselle.

ENSEMBLE.

MADEMOISELLE DE KERGRODOS.
Point de bruit ! taisons-nous !
En silence habillons-nous !
Et qu'ici, Chauvinet
Ignore notre projet.
ROSALIE.
Point de bruit ! taisons-nous !
En silence habillez-vous !
A monsieur Chauvinet
Je tairai votre secret.

(Elles entrent dans la maison à droite.)

SCÈNE XI.

ROSALIE, puis CHAUVINET.

ROSALIE, seule.

Tiens, tiens, tiens !.. toute la maisonnée qui décampe...
Ça me va, ça me brodequine !.. fameux débarras !

CHAUVINET, entrant, éblouissant de toilette *.

Ah! me voilà!

ROSALIE.

Pristi, Monsieur, comme vous êtes beau!..

CHAUVINET.

Beau!.. allons donc!.. C'est ma jaquette de l'année dernière... elle a déjà été nettoyée trois fois **! (Il cueille une rose
et la met à sa boutonnière.)

ROSALIE.

Tiens, vous vous fleurissez?..

CHAUVINET.

Moi je?... Ah! oui... c'est sans y penser... tu m'ennuies!..
Où est ma femme en ce moment?

ROSALIE.

Madame? Dans sa chambre, je crois...

CHAUVINET.

C'est bon!.. va-t'en!

ROSALIE, à part.

Allons faire ma commission. (Elle sort.)

CHAUVINET, tirant sa montre.

Diable!.. neuf heures moins cinq... Je n'ai que le temps
de courir à la station... (S'approchant du pavillon et élevant la voix.)

Dis donc, Adeline!..

ADELINE, répondant de l'intérieur.

Quoi?

CHAUVINET.

Je m'en vais.

ADELINE, de même.

Adieu!.. bon voyage!

CHAUVINET.

Adieu, chère amie; adieu, mon gros bébé!.. ne m'attends
pas!.. couche-toi de bonne heure!.. (On entend au loin la cloche
du chemin de fer.) La cloche!.. ah! cristi!.. filons vite!

ADELINE, en dehors.

Ne va pas manquer le dernier train!..

CHAUVINET.

Sois tranquille!.. Adieu!.. (Il disparaît par le fond, à gauche; la
scène reste vide un moment, puis on voit paraître à la porte du pavillon
Adeline, qui avance la tête avec précaution. — Musique à l'orchestre.)

* Ch., R. — ** R., Ch.

SCÈNE XII.

ADELINE, MADEMOISELLE DE KERGRODOS, ANASTASE,
puis ROSALIE*.

ADELINE, en toilette élégante, avec le chapeau et le bournous apportés par
Chauvinet, à mademoiselle de Kergrodos qui la suit.

Parti!..

MADEMOISELLE DE KERGRODOS, entrant, en toilette exagérée.

Parti?.. Venez, Anastase.

ANASTASE, entrant.

Où donc que nous allons comme ça, marraine?

MADEMOISELLE DE KERGRODOS.

Vous le saurez plus tard... ça ne vous regarde pas.

ANASTASE.

Mais, marraine... pourtant...

MADEMOISELLE DE KERGRODOS.

Assez!.. taisez-vous!

ROSALIE, entrant.

La carriole est attelée.

ADELINE.

C'est bien!.. partons!

MADEMOISELLE DE KERGRODOS.

Partons!.. (Elles sortent par le fond, à droite, avec Anastase. On entend le bruit d'une voiture qui s'éloigne.)

ROSALIE, seule.

Qué chance!.. Monsieur à Paris... les autres à une demi-
lieue, en soirée chez des amis... V'là l' moment d'aller faire
un tour à la fête des Loups! (Elle rentre dans le pavillon en dé-
nouant les cordons de son tablier. — Le rideau baisse.)

ACTE DEUXIÈME.

Le jardin du château d'Asnières illuminé pour une fête. — Jeux de
toute espèce : à gauche, un billard chinois; un établissement de
toupie hollandaise.

SCÈNE PREMIÈRE.

PROSPER, OSCAR, POLYPHÈME, BASQUINE, AUGUSTA,
LA BOULOTTE, CANOTIERS et PROMENEURS des deux sexes, puis
ANTÉNOR.

(Au lever du rideau, on joue, on consomme. — Des garçons vont et vien-
nent, servant les consommateurs. — Musique de polka en dehors pendant toute cette scène. — Cris, brouhaha général.)

DIVERSES VOIX.

Garçon! garçon!

* Ad., Mlle de K., An.

LES GARÇONS.

Voilà! voilà !

UNE BOUQUETIÈRE.

Achetez-moi un bouquet, Monsieur !

UNE MARCHANDE, qui tient une loterie.

Mes cinq derniers numéros pour dix sous !

UN HOMME.

Faites-vous peser, Mesdames!

UN AUTRE.

Qu'abat la qui'? qu'abat la qui'?

DEUXIÈME MARCHANDE, à Augusta.

Allons, ma petite dame, encore une partie.

AUGUSTA.

Ah! oui!.. ah! oui!.. la dernière. (Elle se remet à jouer au billard chinois. — On entend au dehors un coup de pistolet.)

LA BOULOTTE, entrant.

Ah! mes enfants, j'ai mis dans le mille!

AUGUSTA.

Vraiment?.. A-t-elle de la chance, la Boulotte!

BASQUINE, jouant à la toupie hollandaise.

Ah! j'ai gagné!

OSCAR, à la marchande.

Combien vous dois-je?

LA MARCHANDE.

Cinq francs, Monsieur.

OSCAR, vexé.

Cinq francs !

BASQUINE.

Oui... mais j'ai gagné un coquetier.

OSCAR.

Cinq francs, un coquetier! c'est raide! Enfin... (Il donne de l'argent à la marchande.)

POLYPHÈME, qui était assis à une table à gauche, se levant.

Il faut que je fasse une conquête ce soir!..

LA BOULOTTE, le repoussant.

Tiens! c'est cet affreux Polyphème!

POLYPHÈME, grand gaillard, très-gris.

Seulement, je vous en préviens... je veux être aimé pour moi-même... Je ne donne rien aux femmes.

AUGUSTA, aux autres.

Avec ça qu'il est gentil!.. (On rit.)

POLYPHÈME.

Vous ne voulez pas de moi?.. J'en trouverai d'autres! (Il sort.)

LES FEMMES, riant.

Bonne chance!

ANTÉNOR, entrant.

Bonsoir, mes petites dames.

TOUTES.

Tiens !.. c'est Anténor !

LA BOULOTTE.

Qu'est-ce que vous devenez donc?

BASQUINE.

Il y a des siècles qu'on ne vous a vu...

ANTÉNOR.

Ah! mes enfants, je suis amoureux.

TOUTES, riant.

Amoureux!

LA BOULOTTE.

Pour le bon motif?

ANTÉNOR.

Oui... d'une femme mariée.

TOUS, riant.

Ah bah!

AUGUSTA.

Et le mari?..

ANTÉNOR.

Un homme pot-au-feu... un mollusque qui s'accroche à elle, comme l'ostende au rocher.

LA BOULOTTE.

Allons, bon! voilà Oscar qui m'a jeté de son cigare dans l'œil... Oh! que vous êtes bête, mon cher!

OSCAR.

Laissez-moi souffler...

ANTÉNOR.

Ah çà ! et Olympia?

AUGUSTA.

Olympia! elle est ici.

BASQUINE.

Avec son amoureux.

ANTENOR.

Elle a un amoureux?..

LA BOULOTTE.

Parbleu!.. un homme très-comme il faut, très-galant... et qui est farce comme tout.

ANTÉNOR.

Vrai?.. et où sont-ils donc en ce moment ?

LA BOULOTTE.

Ils sont en train de danser... mais la polka va finir... vous allez les voir arriver... et tenez, les voici !

TOUS.

Les voici!..

SCÈNE II.

Les mêmes, CHAUVINET, OLYMPIA; ils entrent en polkant.

ANTÉNOR, à part.

Ah bah! Chauvinet!..

OLYMPIA, polkant.

Ah! Ernest, vous me chatouillez!..

CHAUVINET.

Allons toujours!.. Ça ne fait rien...

OLYMPIA.

Mais si!..

CHAUVINET.

Ne faites pas attention... C'est pour rattraper la mesure...
(La musique s'arrête.)

OLYMPIA, s'éventant avec son mouchoir.

Ouf! j'étouffe!.. quelle chaleur!..

CHAUVINET, criant.

Garçon! du punch... pour tout le monde... au kirsch, au
rhum, au diable!.. et dépêche-toi, animal!.. Bonjour, Mesdemoiselles... (Il embrasse à droite et à gauche.)

OLYMPIA, l'arrêtant.

Eh bien, dites donc!

CHAUVINET.

C'est pour rattraper la mesure... Ah! non!..

OLYMPIA.

Prenez-y garde, Chauvinet!... Je veux un homme sérieux...
et qui n'ait des yeux que pour moi.

CHAUVINET.

Mais oui!.. mais oui!..

OLYMPIA.

Je suis jalouse comme une panthère, d'abord, et si un amoureux me faisait des traits...

CHAUVINET.

Mais non!.. mais non!.. calmez-vous... c'est histoire de
rire... (A la Boulotte qui se frotte toujours l'œil.) Qu'est-ce que tu
as, toi, la Boulotte?

LA BOULOTTE.

J'ai mal à l'œil.

CHAUVINET.

Tu as mal à l'œil?.. Faut le faire arracher... c'est ce qu'il
y a de mieux.

(Chantant et dansant.)
Et lon lan la
Enfoncé la Bretagne,
Et lon lan la...

(En dansant, il se trouve une jambe en l'air devant Anténor. — A part.)
Anténor! Sapristi! elle est mauvaise!..

ANTÉNOR.

Comment! toi ici!.. un homme mar...

CHAUVINET, bas.

Silence, malheureux!..

OLYMPIA.

Tiens, ils se connaissent! (Musique de quadrille au dehors.)

OSCAR.

Olympia, je vous invite.

OLYMPIA, hésitant.

Oh! non, merci!.. je ne danse qu'avec Chauvinet.

CHAUVINET.

Allez, ma chère amie! oh! je ne suis pas jaloux, moi!.. on peut gigotter à son aise!.. Je vais fumer un cigare avec mon bon petit Anténor... nous avons à causer.

OLYMPIA.

Des secrets?.. c'est bon, on vous laisse... (Bas à Anténor.) C'est un jeune homme qui doit m'épouser.

ANTÉNOR, ahuri.

Ah bah!

TOUS.

A la danse!.. Place!.. le quadrille!

CHŒUR.

Air : *Capitaine Chérubin*

La danse
Commencé,
Qu'ici chacun s'élance!
La danse
Commence,
Sautons tous
Comme des fous!..

(Ils sortent en tumulte.)

SCÈNE III.

CHAUVINET, ANTÉNOR *.

ANTÉNOR.

Est-ce possible!..

CHAUVINET.

C'est possible.

ANTÉNOR.

Toi, ici!..

CHAUVINET.

Moi, ici.

ANTÉNOR.

Toi... un homme marié!

* Ant. Ch.

CHAUVINET.

Mais veux-tu bien te taire!.. Retiens ton ut dièze... malheureux!.. Ici, je suis garçon !..

ANTÉNOR.

Scélérat !.. tu fais la cour à Olympia?

CHAUVINET.

Oui, il faut bien se distraire un peu... Les soirées sont si longues!

ANTÉNOR.

Mais ta femme? .

CHAUVINET, avec une grimace.

Hagne!.. il a la manie de crier!.. Eh bien, après?.. Ma femme, je ne la trompe pas... je cherche à la tromper, voilà tout !.. Que veux-tu? je crois que c'est la saison qui est cause de ça... L'hiver! oh! l'hiver, je ne tromperais pas ma petite femme quand on me... Mais, au joli mois de mai, il y a comme ça dans l'air des émanations qui poussent les maris à être canailles.

ANTÉNOR, riant.

Ah! ah! ce bon Chauvinet!.. Et Olympia, où en es-tu avec elle?

CHAUVINET.

Heu !.. heu!..

ANTÉNOR.

Est-ce qu'elle résiste?

CHAUVINET.

Comme la vieille garde... Elle accepte des bouquets, des cadeaux, et quelques dîners au pavillon d'Ermenonville... c'est tout. Mais ce soir, j'espère avancer mes affaires de cœur.

ANTÉNOR.

Comment cela?

CHAUVINET.

Je lui ai offert à souper au café Anglais... Sa pudeur flotte encore... mais, grâce à la danse et à l'entraînement de cette petite fête... comprends-tu, Anténor, comprends-tu? (Il le pousse du coude.)

ANTÉNOR.

Ah! gredin!.. moi qui te croyais le modèle des maris...

CHAUVINET.

Mais je le suis... il n'y en a pas mal qui suivent mes traces... Du reste, je suis bien moins coupable que tu ne penses... Je suis rempli d'égards et d'attentions pour Adeline...

ANTÉNOR.

Vraiment?

CHAUVINET.

Tiens, la preuve, c'est que je n'achète jamais rien pour Olympia sans acheter exactement la même chose pour ma petite femme... mêmes chapeaux, mêmes bournous, mêmes...

ANTÉNOR.

Mais c'est ruineux!

CHAUVINET.

Pas tant que tu crois... En achetant tout ça par deux, par paires... l'un dans l'autre... j'obtiens toujours des diminutions...

ANTÉNOR, riant.

Ah! ah! ah!..

CHAUVINET, finissant par rire aussi.

Hi! hi! hi!

ANTÉNOR.

Faublas!..

CHAUVINET, avec modestie.

Mousquetaire de Paphos!.. Les soirées sont si longues! Ah ça, dis donc... pas de farce... ne va pas dire à ma femme...

ANTÉNOR.

Par exemple! pour qui me prends-tu?.. moi, ton ami!..

CHAUVINET, lui serrant la main.

Ce cher Anténor!...

LA BOULOTTE, AUGUSTA ET BASQUINE, accourant.

Chauvinet!... Monsieur Chauvinet!...

CHAUVINET.

Tiens!... les voilà toutes!... Qu'est-ce qu'il y a?

BASQUINE.

Venez donc!... le quadrille va commencer!...

LA BOULOTTE.

Olympia vous demande à cor et à cris.

AUGUSTA.

Elle est furieuse contre vous.

CHAUVINET.

Elle m'adore!... c'est bon!... je la rejoins... je vais danser. (A Anténor.) Comprends-tu?... Je danse, mon ami... je chaloupe-orageuse, rien que ça!...

Air de *la Sarabande* (MANGEANT).

Je veux vexer les plus ingambes,
    Grâce à des entrechats hardis.
    Vrai, j'ai des fourmis dans les jambes,
    Enfoncés tous les Brididis!
Oui, j'ai vingt ans, je me sens un Joconde.
    (A part.)
Tristes maris, pour fuir l'ennui fatal,
    Tous, comme moi, venez au bal
        Dans l'autre monde!

REPRISE ENSEMBLE.

Je veux } vexer les plus ingambes,
Il veut }
Grâce à des entrechats hardis;

Vrai, j'ai } des fourmis dans les jambes,
Il a
Enfoncés tous les Brididis!...
Tra la, la, la,
La!...
(Il sort en dansant avec les femmes.)

SCÈNE IV.

ANTÉNOR, seul, puis ADELINE, MADEMOISELLE DE KERGRO-
DOS, et POLYPHÈME.

ANTÉNOR, seul, le regardant sortir.

Tiens, tiens, tiens!... voilà une découverte qui sert mes
projets de séduction. Je retournerai chez Chauvinet.

MADEMOISELLE DE KERGRODOS, en dehors.

Mais laissez-nous donc, jeune homme!... (Anténor remonte et
sort un instant à gauche. Entrent mademoiselle de Kergrodos et Adeline,
sans bournous et sans chapeau ; elles ont tontes deux le visage couvert d'un
loup, et sont suivies par Polyphème.)

ADELINE.

Oh! ma tante, que j'ai peur!

MADEMOISELLE DE KERGRODOS, à Polyphème.

Voyons; qu'est-ce que vous nous voulez, à la fin?

POLYPHÈME, très-gris.

Je veux être aimé pour moi-même!

MADEMOISELLE DE KERGRODOS.

Mais ce matelot est ivre!

POLYPHÈME.

Seulement, je ne donne rien aux femmes *.

MADEMOISELLE DE KERGRODOS.

Qui est-ce qui vous demande quelque chose?... Laissez-
nous tranquilles!... Au large! matelot!

POLYPHÈME, s'approchant.

De quoi!... n'y a donc plus d'amour?...

MADEMOISELLE DE KERGRODOS, le repoussant.

Manant!

ADELINE, bas.

Ne l'irritez pas, ma tante **!

POLYPHÈME.

Je m'appelle Polyphème; je suis le patron du *Ravageur.*

MADEMOISELLE DE KERGRODOS, à part.

Un capitaine de navire!... (Haut.) Capitaine... laissez-nous...

POLYPHÈME.

Je vas mettre des gants blancs pour te plaire. Tu me vas,
parce que t'es belle femme... En v'là une frégate à trois
ponts! oh! la la!... (Il sort en chancelant.)

* P., Mlle de K., Ad. — ** Ad., Mlle de K., P.

ADELINE.

Ah! mon Dieu, quel embarras, ma tante!... Tous ces jeunes gens si audacieux, si entreprenants...

ANTÉNOR, rentrant et observant *.

Tiens! du sexe! Une taille de guêpe! une tournure andalouse... Soyons gracieux.

MADEMOISELLE DE KERGRODOS.

Et ce petit niais d'Anastase que nous avons perdu dans la foule!

ADELINE.

Il faut le retrouver! venez, ma tante!

ANTÉNOR.

Un instant, mes petites chattes.

ADELINE, à part.

Ciel! M. Anténor!...

MADEMOISELLE DE KERGRODOS.

Comment!... c'est...

ADELINE, bas et vivement.

Pas un mot, ma tante; taisez-vous!

ANTÉNOR.

On ne prend donc rien avec *Bibi?*

MADEMOISELLE DE KERGRODOS.

Bibi!

ANTÉNOR.

Un punch! une glace!

MADEMOISELLE DE KERGRODOS, sèchement.

Merci!... nous ne prenons rien.

ANTÉNOR.

Une polka, un quadrille...

ADELINE.

Nous ne dansons pas.

ANTÉNOR.

Oh! de la cruauté! (Il veut lui prendre la taille.)

ADELINE.

Monsieur... laissez-moi **!

MADEMOISELLE DE KERGRODOS.

Jeune homme, retirez-vous! Respect au sexe!

ANTÉNOR.

Mais je vous respecte, vous! (A Adeline ***.) C'est votre bonne, cette vieille-là?... Allons, à la cuisine, la bonne, à la cuisine!

MADEMOISELLE DE KERGRODOS.

A la cuisine!... oh! j'étouffe!

---

* Ant., Ad , Mlle de K.—** Ant., Mlle de K., Ad.—*** Mlle de K., Ant., Ad.

SCÈNE V.

LES MÊMES, CHAUVINET *.

CHAUVINET, paraissant en criant.

Oui... oui... je vais appeler le garçon...

ADELINE, à part.

Mon mari !

MADEMOISELLE DE KERGRODOS, à part.

M. Chauvinet !

CHAUVINET, à Anténor.

Tiens !... tu es encore là ! Des femmes ! (Riant.) Oh ! oh !
est-ce que tu embarques pour Cythère ?

ANTÉNOR.

Elle me résiste !...

CHAUVINET, mettant son chapeau de travers.

Et tu ne l'assassines pas ? Comment, Arthémise, tu résistes
à Anténor ** ?... un garçon plein d'esprit... qui imite Grassot...
comme les frères Lyonnet ?... Un garçon qui a l'œil au res-
taurant de Paméla. Mes enfants, nous allons souper tous ensemble !... hein ?... (Chantant à tue-tête.)

Nous mangerons des écrevisses bordelaises,
Et nous boirons du cliquot,
Co ! co ! co ! co !
(Dansant autour de mademoiselle de Kergrodos.)
Et nous emmènerons la vieille !
Elle boustifaillera,
Larirette !
Elle boustifaillera,
Larira !
Asseyez-vous d'sus *** !
Il faut qu' ça finisse !
Asseyez-vous d'sus,
Et n'en parlons plus !

ADELINE, à part, interdite.

Quelle tenue !... quel langage !...

MADEMOISELLE DE KERGRODOS.

Mais c'est un Héliogabale !...

ANTÉNOR, voulant entraîner Adeline.

Il a raison... allons-y !

* Mlle de K., C., Ant., Ad. — ** Mlle de K., Ant., Ch., Ad.—
*** Mlle de K., Ch., Ant., Ad.

ADELINE, courant prendre le bras de Chauvinet *.

Monsieur, je me mets sous votre protection.

CHAUVINET, surpris.

Hein?...

ANTÉNOR, vexé.

Ah! c'est différent... Du moment que Madame te choisit pour cavalier... (A part.) Cet animal de Chauvinet... mais il les prend donc toutes!..

ENSEMBLE.

Air : *Séduisante image* (GUSTAVE III).

Je ne puis comprendre
Cet événement...
Qui pouvait s'attendre
A ce dénoûment!

ADELINE, bas.

Laissez-nous, ma tante... Allez!

MADEMOISELLE DE KERGRODOS, bas.

Oui, je vais chercher Anastase... Mais seule, dans cette foule **...

POLYPHÈME, rentrant, il a des gants trop larges.

J'ai mis des gants! Voulez-vous me faire l'honneur? (Il offre son bras.)

MADEMOISELLE DE KERGRODOS, dignement.

Capitaine... je me place sous la protection de la marine française!

POLYPHÈME.

Seulement, je veux être aimé pour moi-même.

MADEMOISELLE DE KERGRODOS.

Noble cœur!..

ANTÉNOR, à part.

Oh! je reviendrai!

CHAUVINET, à part.

Qu'est-ce que c'est que cette femme-là?

ENSEMBLE, REPRISE.

Je ne puis comprendre
Cet événement...
Qui pouvait s'attendre
A ce dénoûment?

(Anténor sort par la droite. — Mademoiselle de Kergrodos et Polyphème disparaissent par la gauche.)

* Mlle de K., Ad., Ch., Ant. — ** Ad., Ch., Mlle de K., P., Ant.

SCÈNE VI.

ADELINE, CHAUVINET*.

CHAUVINET, à part.

Elle est potelée!..

ADELINE, à part.

Lui, ici?.. Oh! je veux savoir!..

CHAUVINET, à part.

C'est un Rubens restauré... une biche de l'École hollandaise!

ADELINE.

Ah! vous êtes ici, monsieur Chauvinet?

CHAUVINET, à part.

Mon nom?.. c'est une ancienne!.. (Haut.) Je te coïnais!.. tu es Fanny la Polkeuse?

ADÉLINE.

Non...

CHAUVINET.

C'est étonnant!..

ADELINE.

Comment! au bal? Mais on m'avait dit que vous étiez marié.

CHAUVINET.

Moi? pas du tout!

ADELINE, à part.

Oh! quelle horreur!

CHAUVINET.

Ah! je sais ce que tu veux dire... oui, figure-toi qu'un matin je suis entré à la mairie du 7e arrondissement avec quelques amis... et une petite demoiselle qui avait des orangers dans sa coiffure. On nous a lu des articles du Code, un Monsieur m'a fait signer dans un gros livre; et le soir, quand je suis rentré chez moi, j'ai trouvé la petite demoiselle qui s'était faufilée dans mes appartements. Je n'ai pas pu lui dire de s'en aller... il pleuvait.

ADELINE.

Ainsi, vous l'avouez... vous êtes marié?

CHAUVINET.

Je t'assure que ce n'est pas de ma faute.

ADELINE.

Qu'avez-vous donc à reprocher à votre femme?

CHAUVINET.

Si nous causions d'autre chose, hein? Je suis venu ici pour m'amuser, moi**...

ADELINE.

Non, Monsieur, parlons de votre femme... que vous a-t-elle fait?

* Ad., Ch., — ** Ch., Ad.

CHAUVINET.

Ce qu'elle m'a fait?.. la malheureuse !..

ADELINE.

Achevez !..

CHAUVINET, dramatiquement.

Elle n'a pas de chic.

ADELINE.

Pas de chic !

CHAUVINET.

Pas le moindre cachet... Ah! si elle avait ta désinvolture, ce je ne sais quoi que l'on ne trouve que sous ces lilas, dans ce monde du plaisir, des fritures et de l'insouciance. Là-bas, je m'étiole... ici, je renais... voilà le vrai monde... le seul !..

ADELINE, à part.

Et lui qui ne voulait pas m'y conduire, qui m'en disait tant de mal !

CHAUVINET, avec un cri.

J'y suis !.. Ah! tu es Fifine Rigolboche... une chemisière... tu as travaillé pour moi en 54, toi?

ADELINE, impatientée.

Non !..

CHAUVINET.

Sapristi! c'est bien extraordinaire !

ADELINE.

Ainsi, votre femme ?..

CHAUVINET.

Encore !.. Ah! causons d'autre chose... (Il lui prend la taille.) Causons de toi !

Air : *Ton, ton.*

Quelle tournure, sur mon âme !
    Quel œil fripon,
    Quel abandon !
Voilà le chic, voilà le bon ton !
Mais ne causons pas de ma femme...

ADELINE, parlé.

Pourquoi?

CHAUVINET, finissant l'air.

C'est la poupée à Jeanneton,
    Ton, ton, tontaine, ton, ton.

(Il lui prend la taille.—A part.)

Sapristi! si Olympia me voyait !..

ADELINE, avec agitation.

Quelle horreur !.. Votre bras !.. allons au bal !

CHAUVINET.

Impossible !

* Ad. Ch.

ADELINE.

Pourquoi?

CHAUVINET.

Je suis *reteint*.

ADELINE.

Reteint!

CRAUVINET.

Oui... je suis ici avec une *fâme!*

ADELINE.

Une femme!..

CHAUVINET.

Une biche, avec qui je soupe ce soir.

ADELINE.

Une biche!

CHAUVINET, *riant.*

C'est ma bonne amie... hi, hi, hi!.. (Il remonte.)

ADELINE, à part.

Oh! je n'y tiens plus!..

CHAUVINET, *regardant au fond.*

Sapristi! Olympia!.. (Il se sauve.)

ADELINE.

Je suffoque!.. et je vais... (Elle retire son masque. — Anténor paraît à gauche *.)

ADELINE, démasquée et croyant parler à son mari.

Monsieur, vous êtes un...

ANTÉNOR, abasourdi.

Madame Chauvinet!

ADELINE, le reconnaissant.

Monsieur Anténor!

SCÈNE VII.

ADELINE, ANTÉNOR.

ANTÉNOR.

Vous ici, Madame!

ADELINE.

Monsieur, mon mari me trompe...

ANTÉNOR.

Hélas! je le sais, Madame... et si les consolations d'un ami, d'un véritable ami...

ADELINE.

Votre bras... Je veux le rejoindre, le confondre!..

ANTÉNOR, à part.

Enfin, je la tiens!

ADELINE, prenant son bras.

Croiriez-vous qu'il a eu l'audace de me dire... que je n'avais pas de chic...

* Ant., Ad.

Air : *Koukouli*. (MANGEANT.)

Un mari, (*bis*).
C'est mon cri
Favori!
J' veux un mari qui me dorlotte!
Riche, aimable, établi,
Qui, dans l' mond' me pilote :
Chauvinet, sois ici
Mon mari! (*bis*.)
L'existence est une cascade,
On peut y faire des faux pas :
C'est mon rêve, c'est ma tocade
D'avoir un époux à mon bras...
Imitez votre camarade,
Les jobards ne manqueront pas!

ENSEMBLE.

Un mari, (*bis*.)
C'est mon cri, etc.

LES AUTRES.

Un mari, (*bis*.)
C'est son cri
Favori !
Faut un mari qui la dorlotte!
Riche, aimable, établi,
Qui, dans l' mond' la pilote :
Chauvinet, sois ici
Son mari. (*bis*.)

ANASTASE, entrant *.

Crédié!.. oùs qu'est donc marraine?

TOUS, le regardant.

Oh !

OLYMPIA.

La bonne touche!

ANASTASE, à Olympia.

Vous n'avez pas vu marraine?.. c'est une grosse...

TOUTES.

Non.

LA BOULOTTE, passant près d'Anastase.

Mais Monsieur la retrouvera. (Elle salue en arrondissant les bras
et d'un coup de tête à la façon des gandins.)

AUGUSTA, même jeu.

Monsieur est dans le commerce?..

BASQUINE, même jeu.

Monsieur est boursier?..

OLYMPIA, même jeu.

Passage de l'Op?.. (Toutes ont repris leur place.)

* Au., Ol., Au., B., la B.

ANASTASE.

Non... je suis Breton.

OLYMPIA.

Et gentilhomme?..

ANASTASE.

Gentilhomme breton; je suis venu à Colombes pour me marier avec une femme.

OLYMPIA.

Que vous adorez?

ANASTASE.

Je ne sais pas... je ne l'ai jamais vue.

BASQUINE.

Et vous allez vous marier comme ça?

LA BOULOTTE.

Sans lui faire la cour?

ANASTASE.

Comment que ça se fait la cour?..

OLYMPIA.

Ah bah! vous ne le savez pas?

ANASTASE.

On ne m'a pas appris.

OLYMPIA.

Eh bien! on vous apprendra.

ANASTASE.

Oh! oui, donnez-moi des leçons!.. Faut que je me dégourdisse!..

OLYMPIA.

Eh bien!.. écoutez, jeune imbécile!

ANASTASE.

J'écoute, jeune imbécile...

OLYMPIA.

Air des *Charmeurs*.

Lorsque l'on veut sûrement
Réussir près d'une belle,
Faut montrer de l'empress'ment,
Être galant avec elle :
Si l'on est au bal, il faut,
Pour régaler sa conquête,
Payer bouquets et vin chaud,
Et, pour lui monter la tête,
Même aller jusqu'au cliquot.
Et voilà comme,
Voilà, voilà, quand il est épris,
Comme un jeune homme
Peut se former à Paris!

TOUTES.

Retenez bien nos avis,
Que par vous ils soient suivis!

Oui, jeune homme,
Voilà comme,
Comme on se forme à Paris!

ANASTASE, à part.

Retenons bien leurs avis,
Et par moi qu'ils soient suivis!
Voilà comme,
Tout jeune homme
Peut se former à Paris!

DEUXIÈME COUPLET.

Même air.

LA BOULOTTE.

On a soin de proposer
Un tour de valse, un quadrille...

AUGUSTA.

On lui ravit un baiser
En pressant sa main gentille.

BASQUINE.

A la charmer du regard
On s'applique, plique, plique.

OLYMPIA.

Pour lui plaire sans retard
On prend un air chique, chique,
Chique, chique, chiquendard.
Et voilà comme,
Voilà, voilà, quand il est épris,
Comme un jeune homme
Peut se former à Paris.

ENSEMBLE.

Retenez bien nos avis,
Le bonheur est à ce prix.

. . . .

ANASTASE.

Retenons bien leurs avis, etc.

ANASTASE.

Mais je ne demande pas mieux que de me former... Dites
donc, Mesdemoiselles, formez-moi... (Il va pour les embrasser.)

TOUTES, s'écartant.

Oh! non...

OLYMPIA.

Nous donnons des leçons, mais... nous ne payons pas les
cachets.

LA BOULOTTE, montrant Rosalia qui paraît au fond.

Tenez... voilà une femme seule...

AUGUSTA.

Qui a l'air de chercher un danseur...

ANASTASE.

Vraiment!... vous croyez?...

OLYMPIA.

C'est une comtesse polonaise...

ROSALIE, entrant. Elle a un chapeau et une robe à volants de sa maîtresse,
et un loup sur le visage.

Oh! je m'amuse-t-y!.. je m'amuse-t-y!.. (Reconnaissant Anastase.) Tiens! le filleul à la Kergrodos.

OLYMPIA, bas à Anastase.

Faites votre cour...

ANASTASE, à part.

Je vas me former... O mon cœur, tais-toi!...

ENSEMBLE *.

Air d'*Orphée aux enfers*.

Ah! ah! ah!
Quelle bonne tête!
En vérité, qu'il a l'air bête!
Ah! ah! ah!
Quelle bonne tête!
On n'en voit pas comme cela!

BASQUINE, bas à Anastase.

Ne tremblez pas, ô beau jeune homme!..

LA BOULOTTE.

Elle comprend bien le français.

OLYMPIA.

Offrez grogs et sucre de pomme...

ANASTASE, à part.

J' vas m' lancer dans les Polonais.

REPRISE, ENSEMBLE.

(Les femmes sortent en riant.)

SCÈNE IX.

ANASTASE, ROSALIE **.

ROSALIE, à part.

Ah! est-il farce!..

ANASTASE, engageant la conversation.

S'amuse-t-on autant qu'ici en Pologne?

ROSALIE.

En Pologne!.. oh! ben sûr que non.

ANASTASE.

Dites donc... voulez-vous prendre quelque chose, vous?..

ROSALIE.

Dame! ça n'est pas de refus...

ANASTASE.

Garçon... ohé... garçon!..

* An. ,Ol., la B., B., An., R. — ** An., R.

LE GARÇON.

Voilà !.. voilà !.. Que faut-il servir à Madame?..

ANASTASE.

Voulez-vous du café?..

ROSALIE.

Oh! jamais je n'en prends...

ANASTASE.

Voulez-vous un petit verre?..

ROSALIE.

Encore bien moins... (Au garçon.) Servez-moi un gloria *.

LE GARÇON, sortant.

Versez... gloria !

ANASTASE.

Qu'est-ce que vous voulez que je vous paye encore?..

ROSALIE, à part.

Comme il va !

ANASTASE.

Faut que je danse avec vous, faut que je vous paye du cliquot, faut qu'à vous charmer du regard je m'applique... plique... plique...

ROSALIE, à part.

Qu'est-ce qu'il dit?.. qu'est-ce qu'il dit?..

ANASTASE.

Oh! Madame... (Il lui baise la main. — A part.) Cristi !.., ça sent l'oignon !..

LE GARÇON, entrant.

Le gloria demandé...

ROSALIE.

Ah! très-bien !.. (Elle pose son éventail sur la table et porte la tasse à ses lèvres, lorsqu'on entend la voix de mademoiselle de Kergrodos.)

MADEMOISELLE DE KERGRODOS, en dehors.

Anastase! Anastase!

ANASTASE.

Ma marraine !..

ROSALIE, à part.

La Kergrodos !.. filons !..

ANASTASE.

Eh bien !.. elle s'en va !.. et elle oublie son éventail !.. (Il le met dans sa poche. — Criant.) Hé !.. la Polonaise !

SCÈNE X.

MADEMOISELLE DE KERGRODOS, ANASTASE **.

MADEMOISELLE DE KERGRODOS.

Ah! enfin !.. je vous trouve... Qu'est-ce que vous faites là ?

* R., An. — ** An., Mlle de K.

ANASTASE, *avalant le gloria de Rosalie.*

Je suis aimable avec les femmes...

MADEMOISELLE DE KERGRODOS.

Plaît-il?.. Ah! mon Dieu!.. comme il est rouge!

ANASTASE.

Ça se voit donc?

MADEMOISELLE DE KERGRODOS.

Quoi?

ANASTASE.

L'amour. .

MADEMOISELLE DE KERGRODOS.

L'amour!..

ANASTASE.

Vous m'avez joliment trompé, savez-vous?..

MADEMOISELLE KERGRODOS.

Moi?

ANASTASE.

L'amour... c'est pas du tout comme la maladie des pommes de terre.

MADEMOISELLE DE KERGRODOS.

Ah! mon Dieu!.. qui lui a appris?..

ANASTASE, *se versant de l'eau-de-vie.*

Des petites dames qui sortent d'ici... Alors j'ai regardé la Polonaise d'un air chiquendard... et je lui ai baisé la main... v'lan!..

MADEMOISELLE DE KERGRODOS.

Ah! c'est trop fort... Suivez-moi, petit drôle... et s'il vous avise encore de me quitter *...

ANASTASE, *à part.*

Si peu que je vais la lâcher... pour courir après ma comtesse.

MADEMOISELLE DE KERGRODOS.

Et ma nièce... et Adeline... où est-elle passée?.. Allons donc, grand vaurien... marchez donc...

ANASTASE.

On y va... on y va... (*Elle l'entraîne.*)

POLYPHÈME, *paraissant.*

De quoi!.. tu t'en vas!.. Hé! là-bas! Aglaé! Aglaé!.. pas de bêtises! je t'épouse! (*Il disparaît à la poursuite de mademoiselle de Kergrodos. — Musique de valse au dehors. — Les femmes paraissent de différents côtés.*)

SCÈNE XI.

BASQUINE, LA BOULOTTE, AUGUSTA, OSCAR, OLYMPIA, JEUNES FEMMES et CANOTIERS, puis CHAUVINET.

OLYMPIA.

Mais où est donc passé Chauvinet?..

* Mlle de K., An.

TOUS, appelant.

Chauvinet!... hé! Chauvinet!...

CHAUVINET, arrivant coiffé d'un chapeau de femme.

Présent!... (Il se pose, à gauche, devant la table. Les autres personnages sont groupés devant lui.)

OLYMPIA.

Ah çà! que faites-vous?... Est-ce que vous me tromperiez? Si je le savais...

CHAUVINET.

Moi! tromper une jeune fille... oh!... Garçon! du champagne... comme s'il en pleuvait.. des coupes pour toute la société...

TOUTES.

Vive Chauvinet!...

CHAUVINET.

Qu'il est doux de faire des heureux!.. Canotiers, apprêtez... verres! .. et en avant la barcarole de rigueur!

CHANSON DES CANOTIERS.

Air nouveau de MANGEANT.

I.

Il était un gai canotier
Qui, pour faire un p'tit tour de Seine...

TOUS.

Ohé! du canot! ohé!

CHAUVINET.

Disait à sa chaste moitié :
Je repass'rai la semain' prochaine.

TOUS.

Prends garde à ton objet!

CHAUVINET.

Qué qu' ça fait?... qué qu' ça fait?...
Gais viveurs,
Francs noceurs,   } (bis.)
Gentiment,
Doucement,
Poussons-nous de l'agrément!
Poussons-nous de l'ag... l'ag... l'ag...
Poussons, poussons-nous de l'agrément!

TOUS.

Poussons-nous de l'ag... l'ag... l'ag...
Poussons-nous de l'agrément.
Ohé!... hup!

(Chauvinet passe au milieu; tous sont groupés autour de lui.)

II.

CHAUVINET.

Le canotier gaîment partit...
Sur le canot ils étaient douze.

TOUS.

Ohé! du canot! ohé!

CHAUVINET.

Mais, quand il revint, il se vit
Framboisé par sa chaste épouse.

TOUS.

Le canotier était...

CHAUVINET.

Qué qu' ça fait? qué qu' ça fait?...
Gais viveurs,
Francs noceurs,   } (bis.)
Doucement,
Gentiment,
Poussons-nous de l'agrément!
Poussons-nous de l'ag... l'ag... l'ag...
Poussons, poussons-nous de l'agrément!

TOUS.

Poussons-nous de l'ag... l'ag... l'ag...
Poussons-nous de l'agrément!
Ohé!.. hup!

(Coup de feu au dehors.)

BASQUINE.

Ah! Mesdemoiselles, on va tirer la loterie!...

TOUS.

A la tombola!...

CHAUVINET.

Et nous... au café Anglais... (à Olympia.) Allez chercher
votre bournous, votre chapeau, et filons!

OLYMPIA.

Faites avancer une voiture.

CHAUVINET.

Deux sapins... et ici dans trois minutes. (Roulement de tambour.)

TOUS.

A la tombola!

REPRISE DU CHŒUR.

(Sortie générale.)

SCÈNE XII.

ADELINE, puis CHAUVINET.

ADELINE, entrant avec son chapeau et son bournous.

Impossible de retrouver mon mari!... Aurait-il déjà quitté
le bal?... Ce M. Anténor! abuser de mon embarras pour me
faire une déclaration!...

CHAUVINET, reparaissant*.

La voiture attend...

* Ad , Ch.

ADELINE, à part.

Lui!...

CHAUVINET.

Venez, chère amie!... (Adeline se démasque.) Ma femme!...

ADELINE.

Monsieur... vous êtes un monstre!

CHAUVINET.

Chère amie!... je vais t'expliquer... il est arrivé un accident au chemin de fer... alors...

ADELINE.

Voilà donc comme vous me trompiez!...

CHAUVINET.

Permets... Je tiens les livres de l'établissement...

ADELINE.

Marchez devant... Monsieur*!...

CHAUVINET.

Mais...

ADELINE.

Obéissez...

CHAUVINET.

Je t'assure!...

ADELINE, avec autorité.

Marchez, Monsieur! marchez!

CHAUVINET, entraîné.

Sapristi! comme elle est mauvaise!... (Ils disparaissent.)

SCÈNE XIII.

ANTÉNOR, puis OLYMPIA.

ANTÉNOR, paraissant de l'autre côté.

Ma déclaration n'a pas réussi auprès de madame Chauvinet... mais je ne me tiens pas pour battu. (Entre Olympia. Elle a un chapeau et un bournous exactement pareils à ceux d'Adeline**. A part.) Ce bournous... ce chapeau... c'est elle!

OLYMPIA.

Eh bien! et M. Chauvinet?

ANTÉNOR.

Il vient de partir!

OLYMPIA.

Partir?...

ANTÉNOR.

Avec une femme.

OLYMPIA.

Ah! le gredin! Votre bras!...

* Ch., Ad. — ** O., Ant.

ANTÉNOR, très-empressé.

Comment donc!... où allons-nous?

OLYMPIA.

Chez lui...

ANTÉNOR, à part.

Bravo! Lui avec Olympia... et moi avec madame Chauvinet... Partie carrée!

OLYMPIA, l'entraînant.

Mais venez donc!... venez donc!... (Rentrée générale. Mademoiselle de Kergrodos sur un âne et conduite par Polyphème. Les femmes et les canotiers.)

CHŒUR.

Air de MANGEANT.

Honneur! honneur!
Chantons en chœur,
Elle a
Gagné l'âne à
La tombola!

ANASTASE, paraissant à moitié gris.

Tiens! ma marraine sur un âne!...

TOUS.

Vivat! (Reprise du chœur. Le feu d'artifice éclaire le jardin. Tableau animé. Cris. Le rideau baisse.)

ACTE TROISIÈME.

Un salon chez Chauvinet, à Colombes, donnant sur le jardin. — Porte d'entrée au fond. — Portes latérales; fauteuils, guéridon, etc.

SCÈNE PREMIÈRE.

ROSALIE, entrant avec précaution par le fond.

Personne! Voici le petit jour... Monsieur et Madame doivent dormir depuis longtemps... Allons tout doucettement me déshabiller... (Elle s'esquive par la gauche.)

SCÈNE II.

OLYMPIA, ANTÉNOR, entrant par le fond *.

OLYMPIA.

Enfin! je suis chez lui... Ah! gare à ses yeux, quand il rentrera. (Elle va ôter son chapeau, son loup, près du guéridon.)

* O., Ant.

ANTÉNOR, à part.

J'ai respecté son silence, son dépit pendant la route ; mais ici, chez elle, j'espère bien... (Il s'approche d'elle et reste stupéfait en la reconnaissant.) Olympia !

OLYMPIA.

Eh bien ! après ?

ANTÉNOR.

Quoi ! cette femme que j'ai accompagnée ?..

OLYMPIA.

Parbleu ! c'est moi, mon petit !..

ANTÉNOR, à part.

Elle !.. mais alors celle avec qui Chauvinet est parti, c'était donc ?.. Et ils vont revenir ensemble... Saperlotte ! il faut l'emmener... (Haut.) Venez, Olympia !..

OLYMPIA.

Que je vienne ! où ça ?

ANTÉNOR.

Allons-nous-en !..

OLYMPIA.

Allez-vous-en, si ça vous amuse *... moi, je m'incruste !

ANTÉNOR.

Imprudente ! Chauvinet peut arriver d'un moment à l'autre.

OLYMPIA.

C'est ce que je veux.**!

ANTÉNOR.

S'il vous trouve chez lui, s'il apprend que c'est moi qui vous y ai amenée...

OLYMPIA.

Qu'est-ce que ça me fait***?

ANTÉNOR.

Mais enfin, sachez donc...

OLYMPIA.

Je n'écoute rien !.. le perfide !.. le galopin !.. me planter-là pour une autre ****!..

ANTÉNOR.

Mais cette autre, c'est...

OLYMPIA.

Laissez-moi tranquille !.. je vous dis que je reste, que je ne pars pas sans l'avoir vu ! et d'ailleurs je meurs de faim.

ANTÉNOR.

Eh bien, venez...

Air des *Anguilles.*

Chez le traiteur allons ensemble !...

OLYMPIA.

A la gargotte !.. plus souvent !

* Ant., O — ** O., Ant. — *** Ant., O. — **** O., Ant.

Chez lui je suis bien, il me semble ;
Je veux l'attendre en déjeunant.

ANTÉNOR.

Chez lui!... mais...

OLYMPIA.

Quand il me délaisse,
Quand il manque à tous ses serments,
C'est bien l' moins qu'à défaut d' tendresse,
Il me donne des aliments!...
A défaut d'amour, de tendresse,
On m' doit au moins des aliments.

ANTÉNOR.

Permettez...

OLYMPIA, sans l'écouter.

Voyons, il doit y avoir du poulet froid dans cette maison!..
Cet homme n'a pas tout dévoré hier!.. (Appelant.) Eh! la
bonne! la fille!.. (Elle sonne à tour de bras *.)

ANTÉNOR.

Mais chut donc!.. chut donc!

OLYMPIA.

Elle ne répond pas!.. Je me servirai moi-même... où sont
les armoires?.. Oh! la vengeance! la vengeance!.. (Elle entre à
gauche, en emportant son chapeau.)

ANTÉNOR, la suivant.

Olympia!.. mais écoutez-moi donc!..

ADELINE, en dehors.

Laissez-moi, Monsieur, laissez-moi!..

ANTÉNOR.

Ciel! madame Chauvinet!.. Ma foi! évitons la bourrasque!
(Il s'esquive par le fond à gauche.)

SCÈNE III.

ADELINE, CHAUVINET, puis ROSALIE **.

CHAUVINET, entrant derrière Adeline, par le fond.

Je te donne ma parole que je tiens les livres de l'établissement.

ADELINE.

Taisez-vous, Monsieur...

CHAUVINET.

Un seul mot! Je me blanchirai... je puis opérer mon blan-
chissage.

ROSALIE, entrant par la droite, en se frottant les yeux, elle a changé de
costume ***.

Madame a sonné?..

* O., Ant. — *** Ad., Ch. — '** Ad., Ch., R.

ADELINE.

Moi?..

CHAUVINET.

Mais pas du tout!.. Laisse-nous tranquilles.

ROSALIE.

Tiens... je croyais qu'on avait sonné...

CHAUVINET.

Mais non, on n'a pas sonné!.. Allez-vous-en!

ROSALIE.

Ah! quelle boîte!.. En v'là des bourgeois. (Elle disparaît *.)

CHAUVINET.

Adeline, je te jure... par tout ce qu'un négociant a de plus
sacré... je te jure... sur la tête de mes associés...

ADELINE.

Mais vous m'avez avoué vous-même que vous étiez à ce bal
avec une femme.

CHAUVINET, à part.

Sapristi! c'est vrai... (Haut.) C'était pour t'éprouver... je savais que c'était toi... c'était un petit truc.

ADELINE.

Quel mensonge!.. Tenez, monsieur Chauvinet, quand un
homme entouré de l'estime de son quartier se conduit d'une
façon aussi révoltante... Je veux une séparation **.... heureu-
sement nous n'avons pas d'enfants.

CHAUVINET.

Mais nous en aurons... tu verras.

ADELINE.

Laissez-moi, Monsieur... Ah! je n'ai pas de chic! Tout est
fini entre nous... Entendez-vous, Monsieur, tout est fini ***.

CHAUVINET.

Chère Adeline...

ADELINE.

Tout est fini!.. (Elle rentre vivement chez elle, à droite.)

CHAUVINET, la suivant.

Mais... (Elle lui ferme la porte au nez, criant par la porte.) Ma Lou-
loute, mon gros Bébé!.. (On entend donner un tour de clef.) Bon!..
bien!.. Elle se barricade à présent!

SCÈNE IV.

CHAUVINET, seul.

Ah! je suis dans un joli gâchis... Patauge, mon petit Chauvinet, patauge!.. Ah! tu piétines sur les convenances sociales!
Ah! tu jongles avec ton bonheur domestique! Chauvinet, tu
es un monstre! Chauvinet, tu es l'homme de toutes les volup-
tés... comme Lucrèce Borgia!

* Ch., Ad. — ** Ad., Ch. — *** Ch., Ad.

Aír : *Le beau Lycas.*

Ta conduite est abominable !
Eh ! quoi, dans les bals du printemps
Tu vas courir, faire l'aimable
Et pincer la valse à deux temps !
Oui, ton abandon est infâme !
Mais tous les maris, sur mon âme,
Ne peuvent-ils donc se passer
Et de souper et de nocer...
(Solennellement.)
On a tort de tromper sa femme...
(Changeant de ton.)
Et surtout d' se laisser pincer !...

MADEMOISELLE de KERGRODOS, au dehors.

Hue ! biquet, hue !

CHAUVINET.

Hein !.. qu'est-ce que c'est ?.. ma tante... à cheval... sur un âne... un roussin dans mon cottage !..

SCÈNE V.

CHAUVINET, MADEMOISELLE DE KERGRODOS *.

MADEMOISELLE DE KERGRODOS, entrant sans le voir.

Ah ! me voici de retour !...

CHAUVINET.

Fichtre !... quelle toilette tapageuse !...

MADEMOISELLE DE KERGRODOS.

Elle a du cachet, n'est-ce pas ?...

CHAUVINET, étonné.

Du cachet ! (A part.) Elle argotte ** !

MADEMOISELLE DE KERGRODOS.

Mais qu'avez-vous, Chauvinet ?... Vous n'êtes pas dans votre assiette... votre nez remue...

CHAUVINET.

Sapristi ! le nez remuerait à moins !... Une scène affreuse dans mon ménage !... Ma femme m'a surpris, cette nuit, au bal d'Asnières... elle y était...

MADEMOISELLE DE KERGRODOS, dignement.

Avec moi, Monsieur ; sous mon aile... et sous l'aîle de Polyphême...

CHAUVINET.

Polyphême ?...

MADEMOISELLE DE KERGRODOS.

Un agent de change... qui canote le dimanche... un financier de mes amis !...

* Mlle de K , C. — ** C., Mlle de K.

CHAUVINET, sans l'écouter.

Enfin, Adeline croit que je la trompe... Mademoiselle de Kergrodos, vous êtes une brave femme...

MADEMOISELLE DE KERGRODOS.

Hein?... Plaît-il?

CHAUVINET.

Je veux dire... une brave demoiselle... puisque sainte Catherine a en vous une modiste... qui la coiffe depuis quarante-sept ans.

MADEMOISELLE DE KERGRODOS, vivement.

Quarante-trois!

CHAUVINET.

Je mets quarante-sept pour faire un compte rond... Eh bien! rendez-moi un service, parlez à ma femme... rabobinez-nous!... rabobinez-nous!...

MADEMOISELLE DE KERGRODOS.

Où est Adeline?

CHAUVINET.

Dans sa chambre, où elle s'est claquemurée.

MADEMOISELLE DE KERGRODOS.

Eh bien! allez... je vais essayer de la calmer.

CHAUVINET.

Oui, je me confie à vous. Pendant ce temps je vais me jeter sur un divan, car je suis éreinté. Soyez éloquente!... Du reste, vous ressemblez à Mirabeau, vous! Ah! que d'émotions!... que d'émotions! (Il sort par la gauche.)

SCÈNE VI.

MADEMOISELLE DE KERGRODOS, ADELINE *.

MADEMOISELLE DE KERGRODOS, allant frapper à la porte de droite.

Adeline!... Adeline!...

ADELINE, entrant.

Ah! c'est vous, ma tante!

MADEMOISELLE DE KERGRODOS.

Je sais tout... Ton mari m'a tout appris.

ADELINE.

Mon mari!... Ne me parlez pas de lui! M. Chauvinet est le dernier des hommes.

MADEMOISELLE DE KERGRODOS.

Heu... heu... le dernier... Tu vas bien loin... et pour une petite escapade...

ADELINE.

Mais sachez donc, ma tante, qu'il était au bal avec une femme!

* Mlle de K., Ad.

MADEMOISELLE DE KERGRODOS.

Avec une femme!... ah! le gueux!

ADELINE.

Oui, une femme qu'il courtise... qu'il devait emmener souper...

MADEMOISELLE DE KERGRODOS.

Quelle horreur!... Ah! sa conduite est celle d'un pleutre... d'un Romain de la décadence!

ADELINE.

Aussi, mon parti est pris : je ne resterai pas une heure de plus dans cette maison.

MADEMOISELLE DE KERGRODOS.

Comment?... Que dis-tu?...

ADELINE.

Je vais reprendre tout ce qui m'appartient, et puis... (Elle va ouvrir un meuble de Boule placé au fond, à droite.)

MADEMOISELLE DE KERGRODOS, cherchant à la calmer.

Adeline!...

SCÈNE VII.

LES MÊMES, OLYMPIA.

OLYMPIA, revenant avec du pain, une assiette, etc., et à part *.

Pas de poulet froid!.. rien qu'un restant de pâté, des radis, du fromage...

ADELINE, à part.

Mes dentelles, mes fourrures...

OLYMPIA, à part.

Enfin, c'est égal, mangeons!.. (Elles s'approchent toutes les deux du guéridon comme pour y déposer ce qu'elles tiennent, et se voient.) Que vois-je!..

ADELINE.

Une femme!

MADEMOISELLE DE KERGRODOS, bondissant.

Une femme!

OLYMPIA, à part.

Ils étaient ici!

MADEMOISELLE DE KERGRODOS, à part.

Je la reconnais, je l'ai vue au bal!.. (Haut.) Amener chez lui des sauteuses!.. Ah!..

OLYMPIA.

Des sauteuses!..

ADELINE.

Qui êtes-vous, Madame?.. et que faites-vous dans cette maison?..

* O., Mlle de K., Ad.

MADEMOISELLE DE KERGRODOS.

Oui, que faites-vous dans cette?..

OLYMPIA, ironique.

J'allais vous adresser la même question, Madame.

MADEMOISELLE DE KERGRODOS, à part.

L'effrontée !..

ADELINE.

Mais, Madame, je suis chez moi.

OLYMPIA, souriant.

Chez vous?..

MADEMOISELLE DE KERGRODOS.

Certainement, chez elle.

OLYMPIA.

Eh bien! moi aussi, je suis chez moi, ma petite.

ADELINE.

Ma petite !

MADEMOISELLE DE KERGRODOS.

Quelle impertinence !

ADELINE.

Vous osez me soutenir en face ?..

OLYMPIA.

Pourquoi donc pas?.. J'ai autant de droits que vous.

ADELINE ET MADEMOISELLE DE KERGRODOS.

Autant de droits!..

OLYMPIA.

Et le propriétaire de cette villa vous dira lui-même...

ADELINE.

Lui!.. ah! c'est trop d'audace!.. et je vais...

MADEMOISELLE DE KERGRODOS, hors d'elle-même et appelant.

Chauvinet!.. monsieur Chauvinet !..

SCÈNE VIII.

LES MÊMES, CHAUVINET.

CHAUVINET, en jaquette du matin, coiffé d'un foulard, entrant par la gauche.

Ce bruit, qu'est-ce donc? (Stupéfait.) Olympia !

ENSEMBLE.

Air : *Evohé*. (PAGE DE MARLBOROUGH.)

CHAUVINET, à part.

O surprise ! (*bis*) ô terreur!
Plus d'espoir, (*bis*) de bonheur!
Elle, ici! (*bis*.) qu'ai-je vu?
Ah! je suis (*bis*.) confondu !

> LES TROIS FEMMES.
>
> O surprise! (*bis.*) ô fureur!
> Quel affront! (*bis.*) quelle horreur!
> En ces lieux, (*bis.*) qu'ai-je vu?
> Le voilà (*bis.*) confondu!

ADELINE.

Avancez!.. avancez, Monsieur!..

OLYMPIA.

Oui, avancez, perfide *!..

CHAUVINET, à part.

Comment a-t-elle su mon adresse?..

ADELINE.

Me direz-vous quelle est cette demoiselle?..

CHAUVINET.

Cette demoiselle... mais...

MADEMOISELLE DE KERGRODOS.

Parlez!

ADELINE.

Mais parlez donc!

CHAUVINET.

Je... je ne sais... connais pas...

OLYMPIA.

Hein?.. vous osez me renier!.. moi, votre future!

ADELINE ET MADEMOISELLE DE KERGRODOS.

Sa future!

CHAUVINET, à part, avec une grimace.

Hagne!..

OLYMPIA, se présentant.

Mademoiselle Olympia, pensionnaire de l'école Lyrique.

CHAUVINET, à part.

Aïe! aïe! aïe!..

MADEMOISELLE DE KERGRODOS.

Quelle horreur!.. nous exposer à de pareilles algarades!..

ADELINE.

Se jouer de mon amour!..

OLYMPIA.

Et de ma candeur!..

CHAUVINET, à part.

Bon!.. toutes les trois à présent!..

ADELINE.

Monsieur, votre conduite est affreuse!

MADEMOISELLE DE KERGRODOS.

Indigne!

OLYMPIA.

Infâme!

* O., Ch., Ad., Mlle de K.

CHAUVINET, à part.

Bien!.. bien!.. je me cacherais dans un étui à cigares.

ADELINE.

Et après une pareille trahison, je n'hésite plus... je cède la place à Mademoiselle...

MADEMOISELLE DE KERGRODOS.

Hein?..

OLYMPIA.

A moi?..

CHAUVINET.

Et où vas-tu donc?..

ADELINE.

Je pars... je vous quitte...

MADEMOISELLE DE KERGRODOS.

C'est ça!

CHAUVINET.

Me quitter!..

ADELINE.

Oui, restez avec votre belle conquête... moi, je m'exile,.. je vais voyager...

CHAUVINET.

Voyager!.. comment, voyager!.. toute seule?..

OLYMPIA, à part.

Qu'est-ce que ça lui fait?

ADELINE.

Oh! je trouverai bien quelqu'un qui m'accompagnera... qui me protégera*...

MADEMOISELLE DE KERGRODOS.

Certainement!..

CHAUVINET.

Par exemple!.. c'est un peu violent!...

SCÈNE IX.

LES MÊMES, ANTÉNOR**.

ANTÉNOR, reparaissant, à part.

Voyons donc, où en sont les choses... Oh!..

CHAUVINET, le voyant.

Anténor!.. ah! bah!.. ici!..

OLYMPIA.

Parbleu!.. c'est lui qui m'a amenée.

CHAUVINET.

Lui!..

* O., Ch., Mlle de K., Ad. — ** O., Ch., Ant., Mlle de K., Ad.

ANTÉNOR, embarrassé.

Moi ?... mais... permettez...

ADELINE.

Il me le jurait encore cette nuit au bal.

MADEMOISELLE DE KERGRODOS, à part.

L'intrigant !

ANTÉNOR, à part.

Elle me compromet !

CHAUVINET.

Qu'est-ce que j'apprends là !.. Il vous fait la cour !..

MADEMOISELLE DE KERGRODOS.

C'est bien fait !.. vous n'avez que ce que vous méritez...

CHAUVINET.

Je ne vous parle pas, à vous !

ANTÉNOR.

Pardon, mais...

CHAUVINET.

C'est assez, Monsieur !.. Vous m'en rendrez raison !

ANTÉNOR à part.

Un duel... allons, bien !..

ADELINE.

Raison !.. et de quoi donc, s'il vous plaît ?

CHAUVINET.

Elle le demande !..

ADELINE.

Quel tort vous fait Monsieur, en cherchant à obtenir un bien que vous dédaignez ?

MADEMOISELLE DE KERGRODOS.

C'est clair !.. Elle a raison !

CHAUVINET.

Je ne vous parle pas, à vous !.. (A Adeline.) Que je dédaigne ?.. mais pas du tout !..

ADELINE.

Si fait, puisqu'il en est une autre que vous me préférez...

MADEMOISELLE DE KERGRODOS.

C'est logique !..

CHAUVINET.

Que je te préfère !.. que je te préfère !.. pas positivement, chère amie...

OLYMPIA.

Eh bien ! c'est flatteur !..

CHAUVINET.

Tous les jours on peut avoir un petit caprice...

OLYMPIA, furieuse.

Un caprice !..

CHAUVINET.

Sans pour cela cesser d'aimer... au contraire... et la preuve...

ADELINE.

La preuve ?..

CHAUVINET.

Air des *Vingt sous de Périnette.*

C'est qu'à l'instant, si j'osais,
Si tu daignais me sourire,
Reconnaissaut ton empire,
A tes pieds je tomberais.

ADELINE.

A mes pieds !...

CHAUVINET.

Affreux parjure,
J'ai, dans l'acte social,
Rêvé mainte écornifflure,
Maint accroc ; mais c'est égal,
Tu ne m'en es que plus chère ;
Oui, crois-en ici ma foi,
Celle qu'à toutes je préfère
C'est encore toi, c'est toujours toi !

OLYMPIA.

Comment, monstre, vous l'avouez *?...

CHAUVINET.

Eh bien ! oui, je l'avoue, je le proclame !.. sa femme !.. Ah !
Dieu ! sa petite femme !.. mais c'est tout, tout, tout !..

OLYMPIA.

Sa femme !.. Eh ! quoi, Madame serait ?..

ADELINE.

Oui, Mademoiselle, je suis sa femme.

MADEMOISELLE DE KERGRODOS.

Ma nièce à la mode de Bretagne, madame Chauvinet.

OLYMPIA, à Anténor.

Et vous ne me le disiez pas !.. et vous me conduisez ici ?

ANTÉNOR.

Mais... c'est vous qui...

OLYMPIA.

Ah ! pardon, mille pardons, Madame **... j'ignorais absolu-
ment... je croyais venir chez un garçon... mais du moment
que c'est comme ça, c'est bien différent... je me retire. Votre
bras, Anténor.

ANTÉNOR, le lui offrant.

Voilà, chère, voilà !.. (Cris joyeux en dehors.)

TOUS.

Qu'est-ce que cela ?

ANASTASE, en dehors.

Par ici ! par ici, les petites dames !

MADEMOISELLE DE KERGRODOS.

Mais c'est la voix d'Anastase !

* O., Ant., Ch., Ad., Mlle de K. — ** Ant., O., Ch., Ad., Mlle de K.

SCÈNE X.

Les mêmes, ANASTASE, BASQUINE, LA BOULOTTE, AUGUSTA, CANOTIERS et GRISETTES, puis ROSALIE.

CHŒUR.

Air : *Polka de la Chèvre.*

Tra la la! (*bis.*)
Ah! le jour charmant que celui-là!
Tra la la! (*bis.*)
Pour nocer, bambocher, nous voilà!
Là!

ADELINE.

Que vois-je*!

MADEMOISELLE DE KERGRODOS.

Mon filleul avec des grisettes!

CHAUVINET, à part.

Allons, bon! voilà le bouquet!

AUGUSTA.

Tiens! c'est Chauvinet!

BASQUINE.

Et Anténor!

LA BOULOTTE.

Et Olympia!.. Dites donc, nous venons déjeuner!

CHAUVINET.

Hein?

MADEMOISELLE DE KERGRODOS ET ADELINE.

Déjeuner!

BASQUINE, montrant Anastase.

C'est lui qui nous a invitées.

LA BOULOTTE.

Il nous a dit qu'il nous présenterait à sa marraine.

MADEMOISELLE DE KERGRODOS.

A moi?.. par exemple!..

OLYMPIA, à part.

Mais, c'est notre imbécile du bal **!

ANASTASE.

Ohé! hup!.. ohé! hup!..

MADEMOISELLE DE KERGRODOS.

Ah! mon Dieu! dans quel état le voilà!

ANASTASE.

C'est la faute à Polyphème!

* Mlle de K., Ch., Ad., les autres au fond.
**Ant., O., Mlle de K., Anas., C., Ad., les autres au deuxième plan